困った死体は瞑（ねむ）らない

浅暮三文

集英社文庫

目次

図版／テラエンジン（武井千賀子）

困った死体は瞑らない

第一話　豆腐の死角

「どうだ？　死んでるだろ」

発せられた一声は嬉（うれ）しそうだった。初夏の朝、警視庁機動捜査隊の大河原努（おおがわらつとむ）が目の前の死体を見つめてニヤついている。

「ああ、頭の中が丸出しだ。ひどい露出狂だな。文字通りの出血大サービスだぜ」

答えたのは鑑識課員の数之十一（かずゆきといち）。死体のかたわらにかがみ込み、作業の真っ最中だ。調べているのは男性の死体。六十絡みとおぼしく、ゴム引きの作業着に長靴をはき、床にうつぶせで倒れている。

「大河原、他人様（ひとさま）の死がそんなに嬉しいか」

捜査一課、特別捜査班の大黒福助（だいこくふくすけ）は溜息（ためいき）を吐（つ）いた。続く大河原の言葉が予測できたからだ。辺りでは捜査員や鑑識、所轄の警官らが忙しく立ち働いている。

「そりゃ、嬉しいさ。この頭だぜ。とびきりの変死体だ」

大河原が指摘する通り、死体は普通ではなかった。後頭部がべこりと凹（へこ）み、白い物質にまみれている。そこから血と頭部の内容物がこぼれだしていた。

ただし異常といえるのは後頭部に限られ、周りの床に同様の白い汚れはない。遺体の作業着にも乱れがなく、争った様子ではなかった。

「やっぱり豆腐だよな」

「ああ、ピンクの脳みそに彩りを添える白いやつ。こいつは正真正銘、豆腐だ。木綿のな。陥没した後頭部にも充満してた。こいつ、変なところに変なものをへそくりしてやがったな。それとも特殊な夜の趣味か」

数之の言葉は正しいのだろう。問題の白い物質は豆腐で間違いないようだ。というのも大黒らがいるのは都内郊外、奥多摩(おくたま)に近い豆腐製造所だったからだ。

といっても工場というほどではない。二階建ての古民家を改造した広めの家屋となっている。内部が一間になるように上まで吹き抜けに取り払ってあり、外観とは裏腹に衛生的で現代的だ。そこに豆腐を製造する設備が並んでいる。

窓とドアは閉じられていた。大黒はドアの方を見上げた。視線の先の額縁に『柔よく剛を制す』と大書され、加藤静男(かとうしずお)豆腐工房と小さな朱印が押されている。

「加藤静男か。なぜだ？」

「おれが聞きたいよ」

げんなりした様子で大河原が続けた。

「とにかくこいつは十年ほど前にここを買い受けて店を始めたそうだ。住まいは少し先の別棟。なんでも水が気に入ったんだとよ」

大河原は話しながら工房の中央、男の横にあるステンレス製のシンクを指さした。大きなシンクには水が満々とはられている。

水中に沈んでいるのは同じくステンレスの型だ。どれも大振りの長方体で長さ五十センチほどか。中身が入っていたり、空だったり、銀色に光り、眠たげに出番を待っていた。

「ありがたいね。特殊な変死体ってことなら、ここから先はお前さんたち、サーカスのお仕事。チビフグよ、俺たち機動捜査隊はお役御免ってことで帰らせてもらうぜ」

「てめえ、今、フグっていったな？　上等だ。このゴボウ野郎が。笹（ささ）がきにしてそこの水にさらしてやる」

大河原にチビフグと呼ばれて数之は真っ赤になって床から言い返した。数之は小柄で色白、いつも膨れている。だからあだ名がチビフグ。おまけに口を利けば毒を吐く。

一方、機動捜査隊の大河原は外回りの仕事の例に漏れず、日焼けして真っ黒だ。百八十センチを超える長身もあって付いたあだ名がゴボウ。二人は大黒と同じ三十代。会話通りの仲だ。

「へへへ、なんとでもいえ。現場の保存は万全。第一発見者は外に待たせてある。聞き込みなどの詳しい話は所轄にしてあるから聞いてくれ。俺は次がある」

大河原は数之の揶揄(やゆ)を聞き流して、すでにドアへ向かっている。初動捜査は機動捜査隊の役目だが、大河原はこの上もなくやる気がない。いつも要点だけ告げて適当な言い訳でトンズラを決め込む。

「じゃ、任せたぜ。桜田門(さくらだもん)のブラッド・ピットこと、大黒さんよ」

警視庁きっての男前と大黒は評される。付いたあだ名が桜田門のブラピ。しかしそれが事件解決に役立つわけではない。特に今回のような一件ではだ。

東京は複雑化する犯罪の坩堝(るつぼ)といえる。ことの顛末(てんまつ)がつかめない事件も多々ある。そこで特設されたのが特殊な変死体を専門に担当する大黒らのチームだった。

常識外の捜査、アクロバティックな調べが必要なケースを担当し、事件性の有無を確かめる任務から大黒の班は仲間からサーカスと呼ばれている。

「ロマンティックね。それにイチゴミルクみたいでおいしそうじゃないの」

なまめかしい声があった。頭部の中身を見ながら告げたのは異常ともいえる美貌の持ち主だった。

スタイルはトップクラスのモデル並み。長い黒髪を振ると豊かな胸が揺れ、白衣の前が開いて長く細い太腿(ふともも)が露出した。

はいているのはきっといつものタイトのミニスカートだろう。足下はピンヒール。栗(くり)

栖アメリ。大黒とチームを組む監察医だ。都内の大学病院の医師でもある。

「さっき、ざっと検死したけど死因は脳挫傷ね。頸部も折れてるわ。かなり強い衝撃があった証拠よ。でも他に外傷はないから刺殺や絞殺の可能性はゼロってこと。毒物のテストは解剖してからだけど、それらしい兆候は見当たらない。死亡推定時刻は今日の午前二時から三時前後」

豆腐と血にまみれた死体をロマンティックと感じるのはアメリならではの思考回路だ。なにか特殊な体験があるのだろうか。

「アメリ、お前は泥レスリングもやるのか」

「なんのこと？　わたしはキックボクシング専門だけど」

アメリはT大医学部出身のエリートだが、学生時代にキックボクシング部に所属し、女性ながら主将となり、かなりの戦歴を残す猛者だ。

「むろん捜査方針は他殺で決定よね。豆腐の角で頭を殴り殺された男。わくわくするわ」

「あり得ない。角かどうかは別として豆腐に頭をぶつけて死ぬなんて非科学的だ」

「だったら大黒、帽子でもかぶせて行き倒れだったってことで済ませるか？　どうもこの豆腐が凶器と考えて間違いないみたいだぞ。パッケージに「死亡することがあります」と書いとくべきだな」

厄介だ。数之も鑑識結果から他殺を示唆している。また困った死体の登場だ。曰く付きの変死体が〝待った？　遅れちゃったあ〟と血みどろで待ち合わせにやってきたみたいだ。

「まあ、間違っていても責任は大黒にあるんだから、楽しまなきゃ損よ」

捜査の全権は捜査一課の刑事である自身にある。つまり全責任もだ。変死体の捜査である以上、手ぶらで帰れば上層部はいい顔をしない。せめてなにが起こったか、糸口ぐらいは見付ける必要があった。

「これは自殺か事故だ。まずその可能性を考えるべきだ」

「自殺？　あら、随分、ロマン溢れる死に方ね。自ら命を絶つ人が、こんなに夢のある方法を選ぶかしら。なんだか人生をエンジョイしてる風に思えるけど？」

アメリの比喩は理解不能だ。しかし自殺にしては不可解なのも確かだ。首を吊るなり、鉄道に飛び込むなり、あの世に旅立つなら簡単な方法がいくらでもある。

「となると事故の線が残るわけだがな。まず、この工房の床は平らに均されて突起物も隆起した部分もない。蛇口や設備の角にも男の後頭部がぶつかった痕跡はゼロだ」

数之が鑑識結果を述べ始めた。いわんとしているのは男が転倒した可能性だった。

「むろん日がな一日、ここで作業しているんだろう。床には豆腐の成分が染み込んでた。だが後頭部が豆腐にまみれるほどじゃない。見てみろよ。きれいに掃除されてるだろ」

数之の指摘通り、床は食品製造現場に特有のきめ細かなコンクリート製だ。まだ湿っているが、水はけがよさそうで丁寧に掃除が行き届いている。隅にある排水溝にも豆腐のかけらどころかゴミひとつなかった。倒れた際に、はずみで後頭部に豆腐がまみれた線は否定されるらしい。

「俺が思うにこいつは本当はタイガーマスクなんだ。ここは豆腐工房じゃなくて秘密のプロレス道場で朝のトレーニングにバックドロップかジャーマンスープレックスを練習してた。豆腐を相手にな」

「なら上だ。天井辺りでなにかしていて落ちたんだ。あの高さなら十分あり得る」

大黒は吹き抜けを見上げた。二階建ての天井は板を取り払われ、太い梁(はり)を残しただけだ。古民家らしく現代の家屋に比べて屋根が高い。八メートル以上あるだろうか。

「確かにあそこからなら可能だ。だが梯子(はしご)がかかってなけりゃ、ロープもぶらさがってないぞ。下足痕を調べたが、どこにもよじ登った痕跡はない。こいつは絶対だ」

落下の可能性を数之は否定した。天井や梁を鑑識捜査したのだろう。数之は事件の経緯に興味はないが物証には警察犬並みだ。言葉は信じられる。

「もしも気を失っていて誰かにあそこまで運ばれたにしても落下したなら床にこの男の皮膚片やら毛髪やらが残る。男の頭にもコンクリートのかけらや粒が付着する。だが残念ながら床と頭が激しくキスした痕跡はない」

数之は嬉しそうに大黒を見つめた。

「そうか。お前はこいつを天使だといいたいんだな。いいさ。きっと解剖したら背中に羽根が隠れてるぜ。だがな、天使は死ぬのか？　天国からの使いだぜ。さてさて色男、どっちを選ぶ？　豆腐による撲殺か、不死の天使死亡事件か」

「外はどうだ？　工房の外で死んだのを誰かがここに運び込んだ。そのとき、豆腐にまみれた」

「仏さんの長靴や住まいにあった履き物すべてを調べた。検出されたのはここらの土壌だけだ。その上で所轄の鑑識とも話したが近くで争ったり、事故があったらしい様子は見受けられない。住民が少ない地域だ。なにかあればすぐに気が付くそうだぞ」

「だったら裸足（はだし）だったんだ」

「足の裏も調べた。こいつがニワトリなら別だが、裸足で外にいたり、ここや住まいに争った形跡がないからどこかに拉致（らち）された可能性はなしだ。これはある種のクローズドサークルだな。ここで死んだのは間違いない。雪が降った後ならミステリーファンが小躍りしたろうぜ」

「特別な持病があったんだ」

「仏さんの年齢からして、まだ自然死は早いとお前も受け入れるんだな。で、どんな持病だっていうんだ？　豆腐が頭蓋骨を割って生えてくるようなのか」

「いいわよ、そこまで否定するなら受けて立つわ。疾病に関しては、あとかたもないぐらいに解剖して調べてあげる。だけど検死通りならわたしの方針を最重視よ。じゃなきゃ、分かってるわよね」

アメリの所見はいつも正しい。医者としてはピカイチだ。ミスしたことは一度もない。だが忘れていることがある。監察医に捜査権はないのだ。

他殺だとすれば、ここから先は警察官である自分と数之の領分となる。だがアメリは、なにかというと捜査に首を突っ込んでくる。調べに多少の違法性は付き物だが、かつて犯した行き過ぎ行為を告発すると脅すのだ。そのたびに厄介な話になる。

「あのな、大黒。ここには凶器として使える鈍器はまるでない。見てみろ」

数之が工房内をぐるりと手の平で示した。大豆を煮るらしいタンクが壁際に設置されている。隣は大豆を搾る機械か。他にも設備があるが、いずれもがっちりと床に固定されていて動かせないようだった。

「そっちに豆腐を押さえる重しが並んでいるが、血痕が付着していない。つまり撲殺されたとすれば状況から凶器は豆腐ってことになる」

「豆腐が凶器というのは、どう考えても不可能だ。犯人が別の凶器を持ち込んだ可能性がある」

「ないね。凶器になにを使ったにしろ、鉄なら鉄分、岩でも煉瓦(れんが)でも殴打部に必ず成分が残る。それがまったくゼロなんだ。これだけ強く殴ったのに、この男の頭には豆腐の痕跡しかない」

「豆腐の中になにか仕込んでいたんだ」

「それでも同じだ。痕跡は残る。頭部の豆腐を採取して所轄で成分を調べさせたからな。ちなみに計測したところ、およそ三百グラム。この男の頭にあったのはざっと一丁分の豆腐と脳漿だけだ」

「♪吹けば飛ぶよな将棋の駒に」

どこからか唄が聞こえた。

「きたわ、その声はいつもの第一発見者」

「そうだよ。お姐ちゃん。森田だよ」

いつの間に規制線をくぐってきたのか、捜査陣のかたわらに老人が立っていた。ドングリに手足が生えたようなちんまりとした体軀をし、所轄の若い警官にともなわれている。

「森田の爺さん、一応、いっておくが脳漿だ。王将じゃない」

「ふえ？　数之さん、王将だろ？」

「いや、脳漿だって」「ほうら王将だ」（同会話×七＝十分経過）

大黒は溜息を吐いた。森田儀助だ。話をややこしくするメンバーに加えて、輪をかけて捜査を混乱させる人物。なぜか自身が関わる変死体は決まってこの老人が第一発見者なのだ。

「電信柱の兄さんが、中であんたらが待ってるってえから、呼ばれる前にきちまったよ。どうせいつものように発見状況を話さんといかんのだろ？」

電信柱とは大河原のことだろう。森田が一同を見回すと唇を舐（な）めた。

「ほんじゃ、いいかいな。まず、いつものように確認だ。この死んでいた男は――」

「前田五郎（まえだごろう）」

森田が続ける前に一斉に声が響いた。叫んだのは大黒らを始め、所轄、鑑識、辺りにいる捜査員のすべてだった。

どんな因縁か、大黒が関わる変死体は必ず名前が前田五郎なのだ。だからこの男は加藤静男ではない。大黒は溜息を吐いて宙を仰いだ。

「つまり森田さんは夜明け近くに豆腐を買いにここにきた。そこで死んでいる前田五郎さんを発見したんですね」

「ああ、四時ぐらいだったかな。予約したタクシーだから運転手が証言してくれるわい」

大黒と数之は工房にあったパイプ椅子に座って森田と対していた。アメリはすでに遺体とともに解剖に向かっている。

「四時とは随分と早い買い物ですね」

「ここの豆腐はそりゃ、うまい。みんなこぞって買いにくる。昼には売り切れちまうほどだ。なんでも水が違うそうだよ。多摩霊水とか呼んでたな。特に朝一番の出来たては最高なんだ。だから急がんと一番ものを喰いっぱぐれるんだよ」

「それで？」

「前田の五郎ちゃんとはすっかり馴染みになっちゃってな。開店は六時なんだが、わしがくるときには裏口を開けといてくれるんだ。それで中に入ると死んでた」

　森田の言葉は淡々としている。なにかあるたびに森田は死体と出くわすのだ。街角で手袋を拾ったようなものらしく驚きはない様子だ。

「ご覧の通り、入り口のドアも窓も閉まってるが、爺さんがいうように裏口が開いてた。ピッキングの形跡はないが簡単なシリンダー錠だ。ちょっと経験がある奴なら朝飯前だろう。忍び込もうと思えば豆腐でもできるぜ」

　数之の言葉に森田がパイプ椅子から腰を上げると尋ねた。

「それじゃ、いいかい？　せっかく買いにきたんだ。ご馳走にあずかるとするよ」

「駄目だ。ここにある物はすべて物証だ。現場保存のために豆腐を喰うのは厳禁だ」

「おあずけってえのかい？　目の前に出来たてがあるってのにさ」

森田は持っていた手提げから小さな醬油瓶と鰹節のパックを取り出して示した。

「事件解決のために協力しろよ。無事にホシをお縄にできたら豆腐でも脳みそでも喰わせてやる」

大黒は森田に尋ねた。

「検死では死亡推定時刻が午前二時から三時前後です。森田さんがきたとき、まだ誰かいませんでしたか。なにか変わったことに気が付きませんでしたか」

「特になかったね。わしが一番乗りでまだ客はいなかったな。物音も、争う気配にも気付かなかった。ここは五郎ちゃんが一人でやってるんだよ。自分の目の届く範囲でしか仕事はやらねえ、豆腐造りはその都度が勝負なんだって頑固さでさ。血筋なんだねえ。その血筋のせいかもしれんなあ」

森田はちらりとドアの上の額縁に視線をやった。

「聞きたいのですが、我々は死亡したのが前田五郎さんだと事前に報告を受けていました。ところがきてみると加藤静男さんです。だな？」

大黒は言葉を切って、かたわらに立つ所轄を見やった。

「はい。遺体が前田五郎さんなのは戸籍を確認して報告した通りです。機動捜査隊の大河原さんに説明しておけといわれたんですが、死亡した前田さんは、ここではずっと加藤静男さんで通していたようです。近辺の住民はみんな未だに加藤と思ってます」

大黒は質問を重ねた。

「なぜだ、所轄？　なぜ変名なんだ？　なぜ本名じゃ駄目なんだ？　聞き込みで判明したか？」

「分かりません。近隣の者は誰も深い話はしていなかったようです」

「だろうな。あなた本当は前田五郎さんでしょうなんて問いただす奴はいない。アドルフ・ヒトラーって表札を掲げてりゃ、イスラエルから真偽を確かめにきたろうがな」

数之が茶々を入れた。大黒は話を森田に振り向けた。

「森田さんはしってたんですね？」

「つまり、あんたは五郎ちゃんが加藤静男だった理由を聞きたいんだな。それはな」

森田はひとつ咳払い（せきばらい）をすると一同を見回した。

「血筋じゃよ。呪われた血じゃ」

「血筋？　前田さんの？」

「恐ろしい過去が関係してるんだ」

「森田の爺さん、長い話になるのか？」

「いやなら止（や）めて帰るよ。豆腐が喰えんしな」

「聞きます。必ず最後まで一言漏らさず聞きます」

大黒は数之を目で制して先をうながした。

「なら話すが、なんのついでだったか、わしが東京で古くから続く森田の一族だと話したら、五郎ちゃんは、もしかして先祖に探偵はいなかったかって尋ねたんだ」

「いたのか？」

「ああ、わしの爺さんは実は戦前から探偵をやっておった。すると五郎ちゃんは、あんたの爺さんには先祖が世話になった。内緒だが実は加藤というのは偽名で本当は前田五郎っていうんだと打ち明けたんじゃ。五郎ちゃんがいう世話になったという話は、わしの爺さんが戦争で兵隊にとられたところから始まるんじゃが」

「あのよ、やっぱり一丁ぐらいは食べてもいいぜ。なんなら持って帰ってもいいが」

「爺さんが行った戦地はニューギニア。聞きしに勝るひどい有り様じゃったそうだが命は無事だった。ところが復員船で一緒だった戦友の前田ってのが死んだんじゃ。三人の姪が殺される。どうか助けてやってくれって言い残してな」

「なんだか聞いたことがある話だな。それで岡山の孤島かどこかにいったんじゃないだろうな」

「ああ、岡山じゃ。だが島じゃなくて山だ。岡山の獄門山。そこは水に恵まれていてな。豆腐の名産地だった。爺さんの戦友の前田ってのは代々、そこを束ねる豆腐屋であり、庄屋だったそうじゃ」

「まさか、そこで連続殺人があったなんて顛末じゃないよな」

「よく分かったな。その通りだ。三人の姪は立て続けに豆腐によって殺されていったんじゃ」

「やめてください」

不意に誰かの声があった。大黒が確かめると、かたわらの若い所轄だった。柔道選手並みのがっしりした体格に似合わず、青い顔をしている。数之は一瞥（いちべつ）すると続けた。

「もしかして実はこっそり復員していた分家の男がいて、それが犯人だったってえのか？」

「図星じゃ。あんた、探偵に向いとるぞ。分家と本家の血塗られた相続争い。復員したのはスケキヨっていってな。白いゴムのマスクをしておったそうじゃ」

「ほ、本当にやめてください」

所轄が叫んだ。森田はちらりと見やって舌を湿らせた。

「あな、恐ろしや。娘の一人は生首だけの菊人形にされて頭に豆腐を載せておった。一人は池から逆さまに足だけ出し、喉に豆腐を詰まらせて窒息死。一人はフルートの音色が聞こえる晩に」

「どひゃあ」

所轄は目尻に涙を浮かべ、しゃがみ込んだ。

「み、皆さんは平気なんですか、こんな恐ろしい話が。ほ、本官は今日から豆腐が食べられなくなりそうです。うっ、うっ」

「よかったな。豆腐の分だけエンゲル係数が減るじゃないか。頭に豆腐を載せた菊人形のどこが恐いんだ。場所が寄席なら、むしろおめでたい演芸じゃないか」

慰めているのか、からかっているのか、数之の言葉を無視して大黒は尋ねた。

「森田さん、その分家はなんという名ですか」

「なんだったかな。聞いたような、聞いていないような」

「爺さん、肝心なところを忘れたのか」

「とにかくわしの爺さんが事件を解決したので前田の家系は続くことになった。おかげで五郎ちゃんは成人すると一子相伝とされる豆腐造りの秘伝書を譲り受けたんじゃと」

「ぐええ」

「ここは恐くないだろう」

「それから五郎ちゃんは理想の水を求めて各地で豆腐修業に励んだそうだ。それでやっとのこと、ここで納得がいく水と巡りあったって寸法だな。ただし晴れて店を構えるには先祖が決めた掟に従う必要があった」

「キュウ」

奇妙な呼吸音を発して所轄が床に倒れ込んだ。数之がシンクに行くとコップに水を汲んできた。ざっと浴びせる。

「掟ってなんだ？」

「店をやるなら前田は名乗るなということだそうだ」

「やっと話が本筋になったか。それで加藤静男にしたわけだな。ということは、その前田の血筋を未だに恨んでいる人間の仕業ってことになるが」

水を浴びせられて目を開けた所轄が告げた。

「い、いえ。そ、その件に関しては大河原さんから説明しておけといわれまし、たたた」

「こいつ、人間のくせにコンピューターみたいに熱暴走しやがる。リセットして説明してみろよ」

「じ、実は近隣の住民の話によると、す、少し前から前田さんを恐喝している相手がいた……そうです」

「そういえばわしにも、いやな奴につきまとわれていると漏らしていたわい。神戸流星エンタープライズとかいったか」

「爺さん、早くそれをいえよ。がぜん現実味が出てきたぜ。その名前なら聞いたことがある。目を付けた人気店を買収するとノウハウだけものにして自社でチェーン展開する泥棒みたいな企業だ」

「かなり強引だな。数之、なにか事件絡みなのか」

「殺しだ。半年ほど前、香川県警の奴と研修で一緒になった。そのときにそいつがやけに悔しがっていたんだ」

「鑑識が悔しがるってことは物証に関して決め手に欠けたのか」

「ああ。被害者はうどんで首を絞め殺されていたそうだ。絶対に手口はそれだが、どうしても他殺として立証できなかったんだとよ」

「数之、本当にうどんなのか。豆腐に加えてうどんだと？」

「ああ、確かにそういってた。それで容疑者は無罪放免。大手を振って歩いてる。俺は警察官として悔しい。そう泣いていたんだ」

「ほほう、随分、腰が強いうどんだったんじゃな。さすが香川じゃ」

「大黒、神戸流星エンタープライズは神戸流星会の企業舎弟なんだ」

「ああ、五郎ちゃんもヤクザらしいっていってたわい。命が惜しければここを売れ。首を縦に振らないと豆腐でど頭をかち割るって脅されたと愚痴ってた」

大黒は核心となる質問を口にした。

「森田さんは脅していた相手の名前を聞きましたか？　誰だといってました？」

「そいつは憶えとる。確か、ピエール丘とかいったっけか」

「神戸のヤクザでピエール丘だと？　とことん安い名前だな」

再び嗚咽が漏れた。

「ピエール丘……。お、恐ろしい敵だ。ま、また誰かがひどい死に方をするんじゃ……。次はオカラでしょうか、納豆でしょうか」

数之が苦々しくつぶやいた。

「お前、本当は楽しんでないか」

奥多摩署の一室に捜査本部が設置された。大黒がピエール丘について兵庫県警に連絡を取ったところ、東京へ長期出張中らしいとの回答だった。

合わせて神戸流星エンタープライズに関しては数之の言葉通り、悪名高い企業舎弟で向こうでもマークしているという。香川での一件も事実らしい。

手口としては当初、目を付けた店に一般企業の顔で買収を持ちかけ、話がこじれてくるとやり口が強引になる。それでもだめなら脅しに打って出て、最終的な仕事を受け持つのがピエール丘。

目的の店を手に入れるため、丘が相手をあの世に送り、権利関係の書類をでっち上げる手はずを整える。つまり丘は神戸流星会の汚れ仕事担当といえるそうだ。

夕刻、神戸の情報と同時に解剖の結果がアメリカから報告された。前田五郎には自死に至る疾病なし。体内に睡眠薬や毒物の痕跡なし。死因は所見通りに頭蓋骨の挫傷による脳内出血。

大黒は頭を抱えた。豆腐による撲殺の可能性がもっとも濃厚なのだ。打つ手が浮かばず、捜査は翌日に持ち越すしかなかった。

心配した通り、厄介な話になった。仮に他殺が事実ならば東京に居合わせた丘に犯行は可能だ。限りなく黒に近い容疑者といえる。

だがつかめているのは状況証拠ばかりだ。怪しい人物の目撃情報はない。防犯ビデオも工房には設置されていなかった。現時点で豆腐による撲殺だと上層部に報告すれば、頭を疑われるどころか、精神鑑定を命じられるだろう。

とにかく糸口を見付けなければならなかった。相手のアリバイを確認しておく必要もある。

明けた翌日、大黒は奥多摩署に任意の事情聴取としてピエール丘を呼び出した。相手は意外なほど素直に応じた。人員の関係か、立ち会いは例の恐がりの所轄だった。

「ピエール丘こと、神戸流星会の丘宏美(ひろみ)さんですね」

大黒は取調室に入ってきた相手に確認した。丘は宏美という名前もだが、どう見てもヤクザに思えない男だった。銀縁眼鏡(めがね)にドジョウ髭(ひげ)を生やしている。

細い体に白いスーツの上下、ピンクのシャツ、白いエナメルの靴。正体を知らなければ昭和の青春映画に出てくる金持ちの息子役だ。

ただしそれも若ければの話だ。容姿から見てざっと五十絡みだが、神戸への打診では丘の来歴に関してあやふやだと返答している。

「丘でございます。警察の調べに協力するのは市民の義務ですから、素直におうかがいしました。ただ刑事さん、神戸流星会うんぬんに関しては憶えがありませんよ」

「うぬぬ」

所轄が唸った。取調室のパイプ椅子に座る丘は丁寧な口調だ。しかし言葉の端々にふてぶてしさがうかがえる。警察との対応になれているのだろう。加えて尻尾をつかまれることはないと高をくくっている様子だ。

「丘さん。あなた、前田五郎さんをご存知ですね」

「前田五郎？」

首を傾げる丘の様子に不自然さはなかった。

「ななな」

所轄がまた唸った。だが、とぼけているにしては演技がうますぎる。実際に前田が加藤の実名だと認識していなかったようだ。丘は森田の語った血塗られた過去の線とは関係ないらしい。

「前田さんとは別名、加藤静男さん。豆腐製造業者の加藤さんですよ」

「豆腐屋の加藤さんが本当は前田さんね。なんだかややこしい話ですね。なんのことやら、さっぱりですが」

「では加藤さんで通します。実はその加藤さんが昨日、亡くなったんです。それについておうかがいしたいのですが、あなた、その頃、どこでなにをされていましたか」

「亡くなったんですか。それはご愁傷様ですね。それでその頃というと何時頃？」

「くうう」

所轄が唇を噛んだ。丘はとぼけた様子でにやついている。かまをかけた質問にも答えてこない。

「昨夜の二時から三時頃です」

「そうですか、ひどく夜更けですね。その時間ならまだ一般市民は布団の中です。社員寮として、会社がこっちで借り受けているマンションで寝てましたよ」

「とはっ」

アリバイはあいまいということになる。だがホテルなどの商業施設ではない。裏を取るにも従業員の証言を得ることはできない。令状なしには相手に防犯ビデオを提出させるのも無理だろう。

そもそも今のやり取りからすると丘はアリバイに関して心配していない様子だ。大黒は単刀直入に聴取に入ることにした。

「あなた、加藤豆腐工房の買収役だったそうですね。なかなか首を縦に振らない加藤さんに脅しめいた言動をしたとか」

「脅し？　それはまた物騒な話ですな。私がその豆腐屋さんになにをいったというんですか」

「ぐぐ」

「この店を売らないと豆腐でど頭をかち割ってやると」

「豆腐で頭をですか。刑事さん、本気ですか。どうやったら豆腐で人間の頭を割れるんです？」

「ぎぎぎ」

「とぼけても無駄です。ちゃんと証言がとれてます」

「へええ、兄ちゃん。いきなりヤクザ扱いしたり、アリバイを確かめたり、つまり、わしが殺したとゆうねんな。ガハハ、ええ度胸や」

丘は突然、むきだしの関西弁になった。分かりやすい豹変だった。そして古くさいことこのうえない。上田吉二郎じゃあるまいし。

「げばげば、ピー」

「所轄」

大黒は同様に昭和丸出しの反応を見せ続ける警官にひとこと釘を刺すと黙らせた。いわれて所轄は真顔で口にチャックをする仕草をしてみせた。大黒より明らかに若いはずだが、どこで身につけたのか。

「丘さん、あなたの会社は似たような脅しめいた言動であちこちの食品メーカーを傘下にしているそうじゃないですか」

大黒の言葉に丘は椅子から立つとズボンをずらして腹を出した。それを大きな音でひとつ叩いてみせた。

「笑わせてくれよんな。東京の食い物は口にあわんから胃がもたれとったが、今のあんたの言葉で腹がよじれたわ。消化の役に立ったで」

丘はゲップをひとつ吐いた。かさにかかっているらしい。

「つまり、あんたはアテが当代きっての悪党やといいたいのんやな。ガハハハ、おもしろいやんか。話が長くなりそうや。酒でも一本つけてもらおか。ついでに女も呼んでくれ」

座り直した丘は明らかに悪党でございますといわんばかりのキャラクターになりきっている。関西人をカリカチュアすると、どうしてスケベで、大声で笑う人物像になるのだろうか。大黒はげんなりした。そして理解していた。

「丘さん、あなた本当は関西人じゃないですね」

「なんやと？　ほんならわしはどこの出身やというのんや」

「放送局の少ない北国じゃないですか。センスがあまりにステレオタイプなもので」

「やかましい。兄ちゃん、聞くけどな。わしが犯人やいうんやったら、どんな証拠でぬかしとるんや」

　答えるべき言葉はなかった。鑑識結果と解剖は他殺を示唆しているが糸口はなにもつかめていない。そのために任意聴取に踏み切ったのだが、それも空振りらしい。

「兄ちゃん、答えられんのか。やろうな」

　丘は愉快そうに再び腹を叩いた。またゲップをひとつ漏らす。

「そもそも、どうやってや？　どうやったら豆腐で人間が殴り殺せる？　それを証明してもらわん限り、わしを逮捕できへんのとちゃうか」

　丘の言葉通りだった。そしてそれが丘の狙いなのだ。実現不可能な豆腐による撲殺。香川ではうどんによる絞殺。現実にありえない行為を立証しない限り、逮捕は不可能だ。それを丘は分かっている。だからこその犯行なのだ。そして任意の出頭なのだ。丘は犯人だ。大黒は疑問だった豆腐による殺害を現実として受け入れるしかなかった。

「どうや？　なんの反論もあらへんのんか」

　丘は確かめるように尋ねてきた。どうやら出頭に応じたのはこちらの手の内を探る意図もあったらしい。

「ぐうの音もでんちゅうことか。げはは。男前の兄ちゃんも台無しの顔やな」

　丘は高笑いをするとパイプ椅子から立ち上がった。

「これ、任意やったな。ほんなら帰らしてもらうで。まあ、どちらはんがわしとガチンコ勝負しはるつもりか、顔を拝みにこさしてもろたが、色男、金と力はなかりけりか。兄ちゃん、もう二度と会うこともないやろ。達者でな」

「いえ、必ずまた会います。そのときはあなたの手に手錠がかかる」

「へへえ、わしに手錠かい。兄ちゃん、そっちの趣味なんか」

丘は捨てぜりふを残すと取調室を出ていった。追いかけるようにどんと床を踏み鳴らす音があった。見ると所轄が悔しそうに顔を歪めている。

「や、野郎。ふ、ふざけやがって。首を洗って待っていやがれ」

「所轄、お前も北国出身か」


「ピエール丘、恐ろしい奴ですね。真っ向から勝負を挑んできました」

所轄の言葉が響いたのは加藤静男豆腐工房でだった。話がくどくならないように大黒は黙って目で所轄の発言を制した。

だが所轄の言葉は正しい。大黒が車で現場に戻ったのは、犯人が丘である以上、糸口は豆腐にしかないと判断したからだ。

「恐ろしい？　わたしには胃弱体質に思えたけど」

「俺には念願のパリにやってきた観光客に見えたな。どうして海外旅行客は白とピンクのコンビネーションをお洒落だと思うんだ？　おのぼりもいいところだぜ？」

同行しているアメリと数之が声を上げた。大黒が取調室にいる間、二人は隣室でマジックミラー越しに聴取の様子を確認していたのだ。

アメリは検死が正しかったことを踏まえて、医師である自身が捜査に加わる必要があると譲らなかった。むろん言葉の裏には違法捜査をリークするとの脅しを含んでいる。大黒は呑むしかなかった。

捜査陣がいる工房内は前日と同様に豆腐製造のための機器が並び、がらんとした中央に大きなシンクが水をたたえている。

空っぽの型や中身がまだ入ったものが沈んでいる点も変わりがない。絹ごしは直接、容器に、木綿豆腐はそれが布に包まれてステンレスの型に収まっている。

「被害者の死亡推定時刻は午前二時から三時頃。開店は六時だったらしいから、まだ作業中だった様子か」

「ああ、仕上がった豆腐もシンクにあるだろ。被害者の後頭部に残ってたのは、その内のどれかだ。だが中身が入ってる型もあるってことは、お前のいう通りに作業は終わってなかったわけだ」

大黒はシンクの底を見つめた。すでに切り分けられた豆腐が横手の仕切りの中にいくつも並んでいる。ざっと見て五、六十丁分ほどだ。どれも定規で測ったようにきっちりと四角で、欠けたり、歪んだりした物はない。数之が辺りを見回して続けた。

「しかし被害者は求道者(ぐどうしゃ)みたいに頑固だったんだな。この工房を見てみろよ。きれいなもんだ。無菌室並みだぜ」

「ほんとね。豆腐の欠片(かけら)ひとつ落ちてないもの。出来上がりを見ても分かるわ」

アメリが会話に加わった。

「ああ、白い宝石だぜ。作業中に豆腐が欠けるような杜撰(ずさん)な扱いをしなかったんだろうな。床で検出されたのは長年による豆腐の染みで、昨日作ったような新しい成分はゼロなんだ」

「数之、この豆腐なんだが凍らせるとどうだ」

「つまり、バナナで釘が打てるくらいにか。残念だな。調べたんだが豆腐は零下四十度でないと凶器になるほどまで凍らない。この工房のどこにそんな冷凍倉庫があるんだ？」

「液体窒素を使うのはどうなの？」

「窒素成分の痕跡はなかったぞ」

「数之、この後に特別な工程があって仕上げると極度に硬くなるってことはないか」

「人間を撲殺できるほどにか。なんのためにだ？　そんなに硬い豆腐じゃ、歯が立たんぞ。どうやって喰う？　森田の爺さんは醤油と鰹節を持参してた。どう考えても冷(ひ)や奴(やっこ)を喰う風だっただろ」

「削って食べます。六浄(ろくじょう)豆腐といいますが」

会話を聞いていた所轄がおずおずと漏らした。

「六浄豆腐だと？　なんだそれ？」

「山形、月山（がっさん）の名物で天日に干して鰹節並みにかちこちにするんです。なんでも行き倒れになっていた山伏（やまぶし）を介抱して一命を救ったところ、お礼に製造方法を教わったとか」

「やけにくわしいな。お前、やっぱり北の出身か。とにかく被害者の後頭部の成分は普通の豆腐だったぞ。それとも所轄、この辺りは山伏が出没するのか？」

「熊ならたまに」

たしなめられたと理解し、所轄の声が尻つぼみになった。

「数之、改めて聞くが、これは正真正銘、豆腐だな？」

「いいや、指を入れると噛まれるから気を付けろ。白くて小さいが、こいつらはワニだ」

大黒は水槽に沈む豆腐を眺めた。なんとか推理を進めようと口を開いた。

「確かに豆腐とそっくりだ。しかし豆腐の成分そのままの、もっと密度のある別の物体の可能性はないか」

「お前、日本語が間違ってるぞ。例えばテレビやなんかで世界最古の遺跡のひとつとか、世界最大の建築物のひとつなんていうが、あれはおかしい。世界一ならひとつだけだ」

「なにがいいたい」

「豆腐の成分そのままなら、それは科学的に考えて豆腐ってことだ」

大黒の質問は現状を整理するためだった。自身もシンクの中にあるのが豆腐であることは分かっている。ただ核心へ進むための段取りだった。

「するとどうやれば本物の豆腐で人間の頭蓋骨を損傷させることができる？」

「確か最近読んだミステリーに『豆腐の角で頭をぶつけて死んでしまえ事件』ってタイトルのがあったわ。あれは意表を突くトリックを用意してたけど」

アメリのつぶやきに数之が尋ねた。

「へへえ、どんなんだ？」

「ネタばれになるから内緒」

「ピエール丘が読むとしたらエロ漫画だろう。だがあの手のジャンルに必要なのはトリックじゃなくトニックだ。となるとハードな豆腐プレイが行き過ぎちまったわけだ」

「うしし」

所轄が含み笑いを漏らした。具体的には分からないが、なにかを想像したらしい。

「俺は昨夜、この件を自分なりに検討してみた。ネットによると人間の頭蓋骨は約六百キログラムの加重で陥没するとあった。正しいか、アメリ？」

「細かい条件を抜きにすると大雑把には、そうね」

「一方、豆腐一丁の重さは約三百グラムってところだ」

「数之、それは被害者の後頭部に残されていた分量と同じだな。つまり一丁の豆腐が凶器に成り得るかどうかか」

「実はネットで豆腐を相手の頭蓋骨にぶつけて殺すには、どのくらいのエネルギーが必要かってのが話題になったことがある。その計算だと秒速三百四十メートル、時速千二百二十四キロでぶつける必要があるとされてる」

「速いのね。ロケット並み。もう少し楽しめばいいのに」

「だが、どうも値が大きすぎる。俺が改めて計算すると秒速六十メートル、時速二百十キロ程度で十分な様子なんだ。新幹線より遅くてすむ」

「ふうん。奥多摩辺りは新幹線の徐行区間なんだ。といっても窓が開かないから投げられないけど」

「ああ、実際にはどうやって豆腐をそのスピードで投げつけるかだ」

「バズーカ砲かなにかじゃどうなの？」

「ネット動画でも発射装置で実際に実験してた。かなりのガス圧で豆腐を撃つんだが、残念ながら手が届くほどの至近距離だった。そもそも豆腐自体が柔らかいために飛んでる間に潰れちまうなんて、夢のない話になるんだ」

「つまらないわね。なんとか豆腐で殺せないのかしら」

「アメリ、そうなんだ。それにここには争った形跡がない」

「被害者は不意を突かれたのね」

「至近距離でバズーカ砲のようなものを構えられたら、どんな馬鹿でも気が付くだろ。てことはピエールの奴、ピンクのシャツを脱ぐと胸にSのマークが入った衣装を着てるんだ」

「電話ボックスで着替えたのね。ただ近くにあったかしら」

「それでもってあいつ、豆腐が壊れないように大事に抱えて猛スピードで工房内を飛び、被害者にぶつけたんだ」

「あの、実は電話ボックスがあるんですが」

所轄がおずおずと告げた。どうも二人の性格をよく理解していないらしい。大黒は小さく咳払いをした。

「他に可能性はないのか」

「いくらでもあるぜ。シンクの中のこいつらは豆腐そのものに見えるが、本当は異なる知的生命体ってわけだ。生きている人間の脳に寄生するが死んだら豆腐そのものになる。その名も豆腐風味エイリアン。まさに喰うか、喰われるかだ」

「ひえええ」

「それとも被害者の方がエイリアンなんだ。いつもは人間そっくりだが、本当の姿は蛸。すごく軟らかい頭をしてる」

「どひゃあ」

数之の言葉は科学的な推理ではお手上げということらしい。馬鹿話に拍車がかかっている。

「待てよ、アメリ。そうか。この豆腐を撫でてみろ」

数之はシンクから豆腐を一丁掬い上げるとアメリに手渡した。アメリはいわれるままに豆腐に添えた細い指を動かした。

「ふううむ。駄目か。だったら舌で舐めてみろよ。どうだ？　硬くならないか？」

アメリが出しかけていた舌を引っ込めた。ひっかけられたのが悔しいのだろう。だが直接、数之にでは癪らしく、手にしていた豆腐に毒づいた。

「あんた、わたしで駄目ってことは重症よ。クリニックを紹介してあげた方がよさそうね」

にやついている数之を睨むとアメリは豆腐を戻しにシンクへ寄った。

「待って」

不意に立ち止まったアメリがドアの上の額縁を見つめている。

「柔よく剛を制すがどうかしたか。情欲、剛毛を制すなら分かるが」

「ふふふ。忘れてた」

豆腐を戻すとアメリは携帯電話を取り出した。一同から少し離れると小声で会話し、続いて声を上げた。

「今からいっても大丈夫だって。みんな、三鷹(みたか)で実験よ」

「実験？　どこでなにをするんだ？」

「わたし、軟らかい物を一瞬で硬くできる女性をしってるの。所轄もくるのよ」

「ほ、本官も同行してよろしいんでしょうか？　一応、公務員ですし、真っ昼間ですが」

今までのやり取りから、所轄はなにを想像しているのか、ドアに向かうアメリの言葉に浮き立つように続く。

「もちろん。ただ、ちょっと痛いかも」

アメリが所轄を相手に、なにかたくらんでいるのは確かだ。だが意見を無視すると厄介だ。それにまだ手がかりらしいものはない。

なにかのヒントになるかもしれない。とにかく無手勝(むてかつ)流で手探りするしかない。大黒は仕方なしに歩き出しながら脳裏でつぶやいた。所轄のやつ、まだ、アメリの恐さをしらないな。

「アメリさん、おひさしぶりでございますわね。お電話ではわたくしに、どなた様かのお相手をなさるようにとか」

尋ねてきたのはシスター姿の女性だった。大黒らがいるのは三鷹郊外にある聖霊マリア教会の礼拝堂だ。アメリが案内した実験先は修道院だったのだ。

「かおるさん、ごぶさたしてます。ちょっと事件の絡みで秘儀を仰ぎたいと思いまして」

アメリが同行している一同を代表して来意を述べた。大黒は目の前の女性を眺めた。アメリは車中でどんな実験かは詳しく述べなかった。ただ相手が上原（うえはら）かおるという名前で、数人の修道女と暮らすシスターとだけ説明していた。

シスターかおるはアメリより少し年上か、三十代前半の様子で細身の体に尼僧姿が似合っている。時刻は昼過ぎだが礼拝堂は薄暗い。陰影を刻むシスターの楚々（そそ）とした美しさは、かえって妖（あや）しさを醸し出していた。

「それでお相手はどなた様？」

「所轄」

アメリは声を上げた。所轄は黙って頭を下げながら、なにかを期待している目付きでかおるを盗み見ている。

「おほほ。ご立派な体格ですこと。制服の方のお相手とは楽しみですわ。それでは、わたくしは着替えてまいります。アメリさん、いつもの場所へ」

アメリとシスターはかなりの顔馴染みらしい。簡単なやり取りでシスターかおるは礼拝堂にある横手のドアへ消えた。

「い、今の方が本官の相手をしてくださるのですか」

「そうよ。軟らかい物を濡らして一瞬で硬くする秘儀」

「ええと——。だったら、むしろ着替えていただかなくても」

所轄の答を聞き流しながらアメリは一同を先導し、一行が当初、入ってきた正面扉から出た。横手に木造の平屋がある。玄関の引き戸をくぐりながらアメリが尋ねた。

「所轄、あんた、心得は当然、あるわよね」

「ええと、はあ。まあ、歳相応には」

一同が平屋の中に入ると床一面が板の間だった。壁には棍棒や鎖鎌、さすまたなど猛々しい武器や責め具が並んでいる。

「どれでもいいわよ。好みの物を選んで」

「はあ、分かりました。ただ、ええと。みなさんが見ている前でやるんですか。それに本官はどっちの役柄なんでしょう。どちらかというと」

指示された所轄はつぶやきながら木刀を取った。そこへ武道着に袴姿のシスターかおるが入ってきた。腰には手ぬぐいをぶらさげている。

「準備はおよろしいですね。ではどうぞ。どこからでもおいでください」

シスターかおるは木刀をぶら下げた所轄の目の前に立った。シスターは素手である。

自然体で軽く両腕を構えている。

「ええと、はあ」

対戦するらしいとやっと理解した所轄は木刀を握り直した。だが細身で素手の女性に自身は武器でやりあうのだ。気後れしている様子で、なかなか切り込んでいかない。

するとシスターかおるが少し間合いを詰め、静かに腰から手ぬぐいを引き抜いた。よく見ると手ぬぐいは濡れている。それを軽く振り上げたと思うと声を上げた。

「あん」

黄色い一声があったと思うと甲高い音とともに木刀が粉を噴き、まっぷたつに折れ飛んだ。衝撃に所轄はもんどりうっている。アメリが静かに告げた。

「お見事。手ぬぐい割りの秘儀、しかと拝見しました」

アメリの声にシスターかおるは微笑む。

「いえいえ、わたくしなんてまだまだでございます。開祖である武田惣角先生ならもっと技の切れが凄かったでしょうね」

「どう、大黒？　軟らかい手ぬぐいでも場合によっては、こんな荒技が可能なの。かつてわたしが稽古に通っていたとき、見せてもらったのを思い出したの」

どうやらアメリはシスターとキックボクシングを通じた知り合いらしい。

「つまりピエール丘はこの手の達人だというのか」

　アメリはうなずいた。板の間にもんどりうった所轄は木刀を握っていた両手が痺れているらしく、まだうめきながら床で腕をさすっている。

「さっさと立ちなさいよ。どんな実験か説明すると気構えるから黙ってたけど、警官なら武道の心得があるでしょうに。それとも痛いのを続けて欲しいの？」

　アメリの言葉を聞きながらシスターかおるが説明した。

「わたくしたちの流派には日頃持ち歩くような日用品を武器にする技がございます。昔は手ぬぐいに下駄。現代の女性ならハンドバッグですね。丸めた新聞紙も使えるんですよ」

　続く説明によると、ここは武田惣角を開祖とする流派から枝分かれした合気柔術の道場だという。修道女だけでなく、近隣の女性に向けた健康維持と護身術の教室も開いているのだそうだ。

　武田惣角とは伝説の武道家で百五十センチほどの小兵ながら素手で刃物を使う五人のちんぴらを投げ飛ばし、地面に叩き付け、人間を線香のようになぎ倒すなど朝飯前だったという。

「惣角先生は濡れ手ぬぐいで瓦二十枚を割り、人骨を折り、頬の肉を削ぐほどの腕前だったそうです」

「シスターさんよ、その手ぬぐいを改めさせてもらっていいか」

一戦を見ていた数之が手ぬぐいを受け取って子細に調べ始めた。

「確かに普通の手ぬぐいだ。濡れているだけで、他に種も仕掛けもない。じゃ、こいつではどうか。それがアメリの考えだったんだな」

数之は携えていたクーラーボックスを開いた。中には現場にあった豆腐が数丁、水に沈んでいる。物証ながらアメリの強い指示で持参した物だった。

「お豆腐でございますか」

クーラーボックスの中をのぞいたシスターかおるが眉を曇らせた。

「残念でございます」

「シスターさん、それは豆腐じゃ無理だって意味かい？　それともあんたには無理だって意味かい？」

「あらゆる所持品を武器に利用するのがわたくしどもの流派の極意のひとつです」

「シスター、表現がおかしいぞ。極意ならひとつじゃないのか」

「ですが、豆腐は日頃、持ち歩きません。ですから我が流派では武器にする修練を積んでこなかったのです」

「すると今の技でも豆腐を凶器にすることは無理なんですね」

大黒の確認にシスターかおるはうなずいた。

「ただし、相当な達人。例えば他流派や国外の人、ずっと先達にあたるどなたかなら可能かもしれませんが」

「心当たりはありますか」

「わたくしにはありません。でも同門の大先輩ならご存知かも。午前中に連絡があったので、そろそろお見えになるはずですが」

シスターかおるが告げたとき、玄関の引き戸が音を立てた。同時に唄が聞こえた。

「♪吹けば飛ぶよな将棋の駒に」

「あ、その声は森田」

「脳漿だってんだろうが」

「そうだよ、お二人さん。森田だよ」

入ってきたのは確かに森田だった。両手一杯に紙袋を携え、たっぷり膨らんだリュックを背負っている。かなりの荷物を横に置くと一同を見回しながらゆっくりと板の間にあぐらをかいた。

「さてと。なにかいいたそうだね？」

「森田の爺さん、あんた、こちらのシスターの大先輩なのか」

「ああ、そうだよ。なにかおかしいかい」

「ええと、まあいいや。詳しく聞くと話が長くなるだろうし。それより爺さん、あんたこいつで濡れ手ぬぐいみたいに相手の頭を叩き割ることができるか」

数之がクーラーボックスの中を指し示した。

「豆腐か。てことは、もしかして五郎ちゃんの件でここにきたのかい。だがね、そいつは無理じゃ。豆腐はどう試しても人を傷つける道具にはならん。今まで多くの武道家がチャレンジして敗れ去った。豆腐は諍(いさか)いとはどこまでも無縁なんじゃ。いってみりゃ、世界一強い柔らかさ、闘争を超越した平和主義者、それが豆腐だ。まさに柔よく剛を制すだな」

「もしかして豆腐工房の書は森田が書いたの？」

「あれはガンジーのだよ。豆腐と平和への献辞だ。わしが大師匠から譲り受けたのをプレゼントした」

「森田さん、あなたが駄目でも似たような武道の達人ならどうですか？　そんな相手を森田さんはしりませんか。たとえばこの人物ですが」

　大黒は携えていたピエール丘の顔写真を手渡した。直近のものが必要なため、数之が隣室から取り調べを撮影してあった。一瞥すると森田が首を傾げた。

「ううむ。東宝の青春映画じゃあないしのぉ。はてさて、なんだろうかな。なにかもやもやするんじゃが」

「爺さん、心当たりがあるのか？　こいつなら豆腐で相手をノックアウトできるのか」

「いや、こんな武道家は見たことがないわい。いずれにせよ、どんな達人でも豆腐を武器にすることは無理じゃ。第一、武道をたしなむ者と無抵抗主義者は食い物を粗末にせんわい」

「なんだよ。となると奴は本当に胸にSのマークを付けてたってえのか」

当てが外れて数之が毒づいた。

「数ちゃん、なんのことだい？」

森田はいつの間にか、数之を愛称で呼ぶようになったらしい。

「奴が空を高速で飛べるって意味だ」

「ははあ、人間大砲かい。わしが子供の頃、サーカスにそんな見世物があった。大砲からどおんと人が発射されるんじゃ」

「あら、おもしろそうじゃない」

アメリが嬉々として声を上げた。

まずい。大黒の胸の中でじりっと焦りが音を立てた。このまま話が進めばアメリが大砲発射を人体で実験させるのは目に見えている。所轄に視線をやった。

身代わりはいる。だが今の一戦で体を痛めた。下手をすると自分にお鉢が回ってくるのは計算できた。

大砲を使った可能性がどうであれ、現時点ではアメリの強引さを回避するべきだ。

「もやもやするって、なにがですか」

「うん？　そうなんだよ。なんとなくなんじゃが、こいつは見たことがあるようような、そうでもないようような」

「爺さん、どっちなんだ。なにかあるなら思い出せよ」

「思い出せ？　ああ、そういえば忘れてた」

森田は数之の言葉に持ってきた荷物を指さした。

「かおるちゃん、うちの野菜の差し入れだ。ここは全部で五人だったな。大根三十本とキャベツが四十。それにジャガイモとニンジンがたっぷりじゃ」

「いつもありがとうございます。みんな喜びますわ。それと、あの――」

「ああ、頼まれてたのを忘れずに持ってきたよ」

「おお、神よ、感謝します。『悪魔のドクドク修道女対洗濯するＫＫＫ団』が、とうとう」

「ははは。今もって市販されていない幻の海外ホラー。昔、テレビで一回だけ放映されたのを録画した貴重品じゃぞ」

森田は趣味でホラービデオを自主制作している。かなりのマニアであることは事実だ。

「ああ、待ちに待ったＫＫＫ団の洗濯呪術シーンが見られるのですね。噂(うわさ)ではチャック・オリス様がコインランドリーで入浴するところもあるとか」

「それは見てのお楽しみじゃ」

「だったら今夜は闇鍋でビデオ鑑賞会にしようかしら。待ち遠しいわ」

「そいつは名案だわい。なにしろ、ここの女性陣は食欲の権化じゃ。作る途端からなくなるんだものな。皿が並ぶ前にごちそうさまだ」

「闇鍋だと？　なんのことだ」

「数ちゃん。闇鍋ってのは我が流派伝統の食事でな。なんでもかんでも放り込む」

「ええ、材料をそのまま、お鍋にどぼんなんですわよ。野菜なんかわざわざ切らなくて丸ごと煮る方がラクチンなんでございますの」

「それじゃ、わしも今晩、ご馳走になるかな。あとでチャペルの裏のニワトリを絞めといてやろう」

二人の会話に大黒の脳裏には光が走っていた。

「今、なんていいました？」

「チャック・オリスのことかい？　ここのニワトリのことかな？」

自身に言い聞かせるように大黒は口走った。

「そうか。切らなくてもいいんだ」

「なんだ、大黒？　糸口が見えたのか」

「現場だ。戻るぞ。犯行手口が見えた」

「確かに凶器は豆腐だ」

再び工房に戻ると大黒はアメリと数之を前に説明を始めた。運転手も兼ねて同行を続けていた所轄は途中、自分の署で用意させられた各種の機器を運び込んでいる。

「大黒、なにから始めりゃいいんだ？」

「ハカリだ。シンクの中の、まだ豆腐が入っている型は、どれくらいの重さだ？」

大黒の言葉に数之が所轄に顎で指示する。所轄は水に沈むステンレス製の型に手を伸ばした。

業務用のサイズだ。水中では浮力があるため、楽に動かせるが水から引き揚げるとそれなりに重さがあるようだ。所轄が中身をこぼさぬようにハカリに載せた。数之が目盛りを確かめる。

「結構な重量だ。約十二キロある」

「型の重さを差し引くとどうだ？」

指示される前に所轄がシンクの空っぽの型を数之に渡す。

「二キロほどある。豆腐だけなら、差し引きざっと十キロ弱だぜ」

「ここの豆腐は一丁が三百グラムだ」

「一丁はこの型ひとつで豆腐を八列にして四分割だ。となると仕上がるのは三十二丁分だな」

「俺たちは後頭部に残されていた分量にめくらましされた。切らなくてよかったんだ」

「つまり、丸ごと十キロサイズを凶器にしたってえのか」

「そうだ。正確には切ったものでは駄目なんだ。数之、お前がいってたように一丁分なら新幹線やロケット並みのスピードで被害者にぶつける必要がある」

「だがその三十二倍となると話が変わってくるわけか。一丁を三十二回ぶつけても三百グラムの連打だが十キロクラスならってことだな。それでこいつをどうやったんだ」

「上だ」

大黒は吹き抜けの天井を見上げた。

「この高さなら八メートルは軽くあるだろう。あそこから型の中身を被害者の頭に落とす。木綿は型の底に布を敷いている。だから簡単に中身が抜ける」

「ははあ。確かにそれなら分かる。猛スピードでない分、落下中に自重で潰れることはない。十キロの生コンクリートか土砂か、そのレベルの物質が頭に落ちてきたのと同じだ。柔らかい一本の杭（くい）みたいになるわけか」

「あの」

黙っていた所轄が口を開いた。

「なんだ。昭和のギャグに付き合ってる暇はない。話の腰を折るな。大事なところなんだ」

数之にたしなめられて所轄は口を閉じた。

「ええっと、俺は昨夜、ヘルメット会社のサイトを調べた。この件で頭が心配になってな。そこには五キロのハンマーが一メートルの高さから頭に落ちると致死域の倍の衝撃だと書いてあった。十キロクラスなら確かに頭蓋骨はやられる」

「豆乳を流し込んで豆腐が固まるまでには時間がかかる。その間に被害者は次の作業をしていた。ピエール丘はおそらく作業中の被害者の隙をついて中身が入ってる型をなにかで吊り上げたんだ」

「それで中身をつるりと落としたのか」

「梁では人間が乗るには弱すぎる。おそらく棟木だろう。丘は被害者がここにくる前に天井に上がって待ってたんだ」

　大黒が頭上を指さした。天井は板を取り払われ、古民家によく見られる太い棟木が通されている。

「十キロなら頑張れば自力で引き揚げられるが、途中で型がひっくり返ったら元も子もないな。ロープか滑車か、万全を期してなにか道具を使ったんだろうぜ」

「後で棟木をもう一度、調べてくれ」

「ああ、所轄の鑑識とやっつけておこう。ただ計画的な犯行だ。指紋や下足痕は期待できないだろうな。それにだ」

続けようとする数之の言葉を黙って聞いていたアメリが先に告げた。

「そうよ、大黒。大切な点をひとつ見落としていない？　この工房は無菌室並みにきれいなものよね」

「そうだよな。俺もそれを指摘しようとしていた」

数之が同調するように補足を始めようとした。

「あの」

「うるさいな。話の腰を折るな」

所轄は再びたしなめられて黙った。

「ええっと、アメリがいうように、ここには豆腐の欠片どころかゴミひとつだって落ちていない。現場検証で徹底的に調べた。本当にきれいなものなんだ。被害者は豆腐を宝石みたいに扱ってたのは分かるよな」

「だけど後頭部に残っていたのは一丁分よね。残りの九千七百グラム分はどこへいったの？」

「そうだ。約十キロの豆腐がどすんと頭に落ちてきて頭蓋骨が陥没したまでは分かる。だが残りもどっさり頭の周りに残ってるはずだ」

「飛び散ったと考えるのが妥当よね。豆腐なんだもの。丘が犯行後に箒(ほうき)で掃き集めたか、スコップですくったっていうの？　それをなにかに入れて持ち去った？　それでも少しは痕跡が残るんじゃない？」

「そうだぜ。ここまできれいにするには掃除が大変だぞ。飛沫（ひまつ）はモップや雑巾で拭いたのか？　そいつじゃ床に豆腐がなすりつけられる。だがそんな鑑識結果はない。床から新しい豆腐の成分は出なかったぞ？」

「そうよね。ピンセットで拾い集めても無理なんじゃない？　ロボット掃除機や最新の吸引力のものでも、この広さなら一日仕事よ。終わる前に目撃されるわ」

「それとも飛散しないような特殊な加工をしたってのか。悪いが後頭部の豆腐、つまり凶器の残滓（ざんし）は純粋に豆腐の成分だけだ。焼き固めたのでも、接着剤を混入してたんでもない」

「だからここに戻ってきたんだ」

　大黒は二人に告げた。

「ははあ、なるほどな。わかった。所轄、縄梯子を出して、あの棟木にひっかけろ。どんな状況になるか、試してみよう」

　数之の指示で運んできた機材から所轄が縄梯子を取り出すと天井を見上げた。梯子の先には手鉤（てかぎ）がついている。

「ええと、投げてひっかければいいんですよね」

　理解した所轄は縄梯子を投げ縄のように回し、カウボーイよろしく棟木に投げた。縄梯子はうまく棟木の端にひっかかっている。

「お前、警官よりも牧童に向いてるぜ。今度はロープを渡せ」

数之はロープを受け取り、棟木へと登っていった。

「こいつに中身の入ってる型を結べ。引き揚げるときにひっくり返らないように注意しろよ」

棟木に達した数之はロープを垂らして指示している。所轄は型の左右にある持ち手にロープを通し、バランスを上手く取って結び終えた。数之はそれを引き揚げていく。

「丘はロープを二本使ったのかもな。よし。到着。それでだ。へへへ、被害者の役が必要だな。所轄、お前、俺の真下に立ってろ」

「え？　ですがその凶器が本官の頭に落ちてくるんですよね。となると」

「ああ、大黒の推理通りならお前は二階級特進だ。警官の鑑だな」

所轄は困ったように大黒とアメリを見やった。

「ほら、そこにポリバケツがあるでしょ。それをかぶってれば大丈夫よ」

「本当ですか」

アメリの言葉に数之も棟木から声をかける。

「所轄、心配するな。昨晩、ヘルメット会社のサイトを見たっていっただろ。安心しろ。プラスチックなら万全だ」

二人の言葉に所轄は工房にあったポリバケツを下げると数之の真下にいき、おっかなびっくりバケツをかぶった。

「少し前屈みになれ。被害者は作業姿勢で後頭部に豆腐を落とされた」

所轄はいわれて上半身を倒した。かぶったポリバケツを両手で支えている。

「アーメン」

棟木から一声あると丸太のような白い影が所轄を目がけて落ちてきた。ぼすん。不機嫌な音を立てて豆腐はバケツに命中した。同時に所轄はバケツをかぶったまま、床に倒れ込んだ。

「生きてるか？　どっちでもいいが、そのままでいろ」

棟木から声をかけると数之が降りてくる。倒れ込んだ所轄の周りには十キロの豆腐がどっさりと山を築いていた。

「思ったほど飛び散らなかったな」

所轄の横で数之が状況を見やった。豆腐の粘度のせいだろう。ほとんどがバケツの横にふりわけられたように盛り上がっている。

「名人の作った豆腐だ。しっかり腰がある。この歯ごたえが人気なんだろうな」

飛沫が飛び散り、見渡す限りに白い汚点をまき散らすほどではない。それでも半径四、五十センチほどで大小いくつもの小山が築かれ、欠片が点々としていた。

「豆腐が爆発したような騒ぎじゃないのは分かったわ。それでも飛び散ったのは確かよね。犯行後これをどうしたっていうの？　持ち出せる分は、できるだけきれいに掃き集めて、こびりついているものは雑巾をかけて、最後の仕上げに水で流したわけ？」

「そいつは駄目だ。排水溝は徹底的に調べた。あそこには新しい豆腐の付着は見られなかった。水で流したなら必ず証拠が残る」

「そうね。第一、掃いたり、すくったり、拭いたりと、豆腐の後始末を丁寧にすればするほど、服や靴や掃除道具に痕跡が残るわ。証拠品を増やすし、その始末が大変よ。危険度が増すような処理をするかしら」

「そうだ。丘は聴取で絶対の自信がある風だったぜ。としたら後始末が必要な杜撰な計画は立ててないと思うぞ。あいつは世間をなめきってる。どうだ、凄いだろといいたいんだ。だから豆腐一丁で殺害された風に装って笑ってやがったんだろ？　大黒、犯行後の処理はどうなんだ？」

「まだだ。そこがまだ解けていない」

「こいつは綿密な犯行だ。そうとうなカラクリがあるんだろう。だが凶器の処分と丘が結びつかない限り、話は進まないぞ」

大黒は溜息を吐いた。確かに最後の厄介な部分が残されていた。犯行手口は今の推理で正しいはずだ。だが二人が指摘する後始末が残されているのだ。

それこそが事件の決め手といっていい。未だに捜査は状況証拠ばかりだ。丘が被害者を脅していた証言だけでは検挙にはほど遠い。数之が述べたように豆腐と丘を結びつけるしかないのだ。

「あの、もういいですか」

ポリバケツをかぶって床に倒れたままの所轄が声を上げた。

「なんだ。死んだんじゃなかったのか。お前の性格じゃ、この先、生きていたって大して楽しくないぞ」

「く、首をやられました。むちうちになったみたいです。大丈夫だっていったじゃないですか」

バケツを頭から外した所轄が立ち上がる。首が曲がり、肩が傾いでいる。

「はは、油が切れたロボットみたいだぜ。あのな、ヘルメット会社がバケツの強さを宣伝するか？　大丈夫だろうっていう話だ」

「あの」

「なんだ。うるさいな。文句は掘った穴にでも叫んどけ」

「でも電話なんです。さっきから携帯が振動してるんです。森田さんが何度も電話をくれてます」

「お前にか。いつ番号を交換したんだ？」

「昨日初めて会った時に。恐い話の厄払いの呪文を教えてくれるっていったので」

「馬鹿か。それで爺さん、何の用件だって」

「待ってください。今、話します。もしもし？　森田さん？　なんですって？　事件絡みですか？　大黒さんに代わってくれって？」

大黒は所轄の差し出したスマートフォンを取った。

「ほほい、大黒さんかい。あいつがいたよ」

電話からいつもの暢気な声が聞こえる。

「あいつって誰です？」

「さっき写真を見せてくれただろ。五郎ちゃんの事件絡みの男」

「丘が？　どこにですか？」

「そりゃ、修道院だよ。だけどね。わしゃ、目が悪い。あんたらで確かめてくれないかね」

大黒らが修道院に到着すると森田は食堂にいた。時刻はすでに夕刻になっている。

「ほほい、きたかね。残念ながら遅かった」

「なんだと？　爺さん、ピエール丘がここにいたんだろ？　不法侵入だったら、とりあえず逮捕できたのに逃がしたのか？　合気道の達人だろうが」

「いいや。闇鍋のことだよ。ほとんど食べ終わっちまったんだ」

礼拝堂と棟続きの食堂はガラス戸が開け放たれて、庭先に焚き火の跡がくすぶっている。奥ではシスターを始め、修道女たちが食器を洗っていた。

「ニワトリの頭なら、いくつか残ってるが、どうするね」

「爺さん、食事にきたんじゃねえ。一体なにがあったんだ？」

数之が森田の前の椅子に音を立てて座った。一同も車座になる。

「逃がしちゃあ、いないよ。ここにちゃんといるさ。慌てなさんな。数ちゃんは、どうしていつも話の腰を折るんだろうね」

「どこにいるんだ？　電話じゃ確かめろっていってたが、また長い話になるんじゃないだろうな。こっちは忙しいんだ」

「分かったわい。実はじゃ。さっき、みんなで鍋を食いながらこのビデオを見てたんじゃよ」

食堂は娯楽室も兼ねているようで大画面テレビが設置されていた。森田はテーブルにあったリモコンを取り上げると再生ボタンを押した。

「爺さん、ビデオって例のドクドク修道女とか、チャック・オリスがどうとかってやつか？　するとピエール丘は映画に出てたのか？　奴はアメリカで俳優をやってたのか？」

「見れば分かるよ。ほら、始まった。いいねえ、いきなり活劇だ。チャック・オリスはそもそも空手の達人でな。このホラーには、たっぷりアクションシーンが盛り込んである」

始まったビデオは主役のチャック・オリスが数人の男に絡まれている修道女を助けるシーンから始まった。

「すると丘はやっぱり武道家だったのか。それは分かったが、ずっと見てなきゃ、いけないのか？　爺さん、問題のシーンに早送りしてくれよ」

「いや、武道家ではない。だがある意味でファイターといえるな」

「なんのことだ？」

「いいから見てな。もうすぐだ。それにここがいいところ。噂の入浴シーンじゃ」

森田が数之の言葉を制して画面を指さした。映像はコインランドリーで裸になったチャック・オリスがシャンプーをつかんで洗濯機の中に飛び込んでいる。

するとそこへ敵方の水着姿の美女がダイナマイトを持って走り込んできた。導火線がみるみる燃えて、あわや爆発。というところでコマーシャル。

『まあるい緑の山手線、真ん中通るは中央線』家電量販店の十五秒ＣＭ×二回。

『ハリハリフレホー、大きくなれよ』ハンバーグの十五秒ＣＭ×二回。

最後にその夜に放映する番組宣伝が入り、映画が再開。爆発すると思った導火線を目がけて洗濯機の中からチャック・オリスがシャンプーをほとばしらせる。さっと消える火花。オリスの裸に悶絶（もんぜつ）する水着美女。

「ということじゃ。どうだい？」

森田はリモコンでビデオ映像を静止させた。

「どうだいってなにがだ？」

「そうか。数ちゃんも見落としたか。このビデオは幻のホラーなんじゃ。だもんでわしは一年に一度は勉強のために必ず見る」

「だから、どうしたんだ。話が長いぞ」

「一年に一度は見るわしだが、さっき見ててやっと気が付いた」

「森田さん、このビデオに丘が関係しているのですか」

大黒は話の先をうながした。森田が映像を巻き戻しながら告げた。

「ここだよ。よく見てな」

始まったのは番組宣伝だった。

『今晩九時から放映！　日本大食いコンテスト！』

司会のタレントの声にいくつかのシーンが入れ替わる。

『北海道・東北予選は鮭（さけ）のつかみ取り、丸食い対決だ』

石狩川（いしかりがわ）を遡（さかのぼ）る鮭。それをつかみ取りしているのはコンテスト出場者らしい。

『関東甲信越は超高速回転寿司の死闘』

　皿が飛ぶほどのスピードで回る回転寿司を追いかけながら食べる選手たち。

『関西は木の葉丼の大盛り食い倒れ』

　そこで森田が画像を静止させた。通天閣の下に長テーブルが設置され、その前の椅子に座った五名ほどが丼をかき込んでいる。

「さっき、わしも顔がくっつくぐらいにして見たんだが目が悪いから自信がなくてな。だけどたぶん、見せてもらった男だと思うんじゃ」

　大黒らは森田の言葉にテレビの前にいくと視線を凝らした。女性が二名、男性が三名。いずれも若い。二十代から三十代だろうか。

　森田が映像を少し進めると一人の選手がアップになった。丼を手にしているのは朴訥そうな青年だ。黒縁の眼鏡でドジョウ髭は生やしていない。

　しかし、それでも一目で丘と分かる。というのも青年は白い上下のスーツにピンクのシャツ。白いエナメルの靴を履いている。胸にはＫＯＢＥ代表のゼッケンがうかがえた。

「とほほ、こっちが恥ずかしくなるぜ。この頃から出来損ないの青春映画の登場人物みたいな恰好をしてたんだな。テレビ出演だから張り切ってるんだろうが、お上りさんもいいところだ。人前でこんな恰好が平気なのはあいつしかいないぞ」

　数之がつぶやいた。よく見ると現在の丘を彷彿させる部分があった。

「奴さん、大食いコンテストの選手だったのか。爺さんが、どこかで見たことがあるってのは、このシーンのことだったんだな。よく見つけたな」

「幻の傑作だ。何度も見返したから頭のどこかに残ってたんだろうさね」

「随分、若いな。このビデオは何年前のものだ？」

「三十年ほどかな。わしのようなホラーマニアじゃなきゃ、録画して残さないだろうね」

「そうか。テレビ放映があったとしても三十年前のことなら、爺さん以外は憶えちゃいないな」

「こいつ、この当時は違う名前だったみたいだよ。あんたらがくる前に、この番組に関してネットで検索したら『懐かしの昭和テレビ番組』ってサイトに内容が出てた」

「あ、それは本官もよくアクセスしてます。昔の番組に関しては一番なんです」

所轄が思わず同意した。森田も同感らしく、うなずいた。

「こいつが出てたのは通天閣の大盛り木の葉丼対決だとさ。関西予選だそうで決勝に進んだのは真ん中の女の子。後の女王だ。丘は敗退。当時の名前が片丘ヒロミってあったよ。芸名だろうさね」

「芸名か。身元がばれる心配もいらないわけだ。それでこいつは本当に大食いなんだろうな？」

「ああ、この試合は激戦で選手はみんな二十杯は喰ったと書いてあった」

「丼二十杯だって？　大盛りなら十キロは超えるぞ。大黒、お前が行き詰まってた謎が今の話で解けた気がするぞ」

アメリも画面の前でうなずいている。

「みたいね。つまり丘は工房で落とした豆腐をなにかで掃除したんじゃなかったのね。豆腐はきれいに平らげたけど脳味噌とのカクテルは敬遠。胃弱じゃなくて菜食主義者だったのね」

「ああ、一丁での殺害に偽装するためにな。だが、とにかく奴は凶器を食べちまった。鑑識捜査でなにも出ないわけだ。おまけに一番の物証は腹の中、今頃は消化しちまったから完全な隠滅になる。大黒、どうするんだ？」

「数之、鑑識捜査のやり直しを頼む」

「やり直すのはいいが、なにを捜すんだ」

「天井の梁から落とした豆腐をあそこまできれいに食べた。となると同様に水に流せない飛沫も始末したはずだ。それにはもっともきれいにする掃除方法がひとつある」

「その表現は正しい。それで、なんだ？」

「舐めたんだ。わずかな飛沫は舌で慎重に始末した。それなら床に残らない。だから丘の唾液が工房にあるはずだ」

「なるほど。やつは事情聴取でしきりにゲップをしてたな。きっと取調室にも唾が飛んでるはずだ。一致すればこっちのもんだぜ」

数之はスマートフォンを取り出した。大黒の言葉にうなずきながら改めてテレビ画面を見つめ直している。

「北国から神戸に出てきた若者がどう間違ってヤクザな道に足を踏み込んじまったんだろうな」

数之がつぶやいた。

「あの」

所轄が口を開いた。

「なんだよ。思いついたことでもあるのか」

「いえ、木の葉丼ってなんですか」

所轄は森田に顔を向けて尋ねた。

「ああ、あれはな、大阪の名物だよ。カツ丼のカツの代わりに薄く切ったカマボコで代用してな。安くてボリュームがある。だがな。なんで木の葉っていうかなんじゃよ」

「カマボコが葉っぱみたいだからですか」

「いいや、違う。カツだと思ったら実はカマボコ。まんまと狐(きつね)にだまされた。木の葉で一杯食わされたって寸法だ」

森田は所轄に告げるとにんまり笑った。

「ふふふ、冗談と思うかい。とんでもない。狐が人を化かすのは本当だ。この辺りの武蔵野(むさしの)だって昔はしょっちゅう、狐や狸(たぬき)が人をたぶらかしたもんじゃ。おや、フルートの音色が聞こえなかったかい」

「ひええ」

数之の指揮のもと、さっそく鑑識捜査がやり直された。結果、大黒の推理通りに工房の床から丘の唾液が検出された。あわせて棟木に怪しい点が浮上した。

棟木には古い傷が残されていたが、そこに同時代と思われる古い繊維がわずかに付着していたのだ。当初は着目されなかった内容だが、大黒の推理によって丘が過去の傷跡に合わせて昔のロープを使用したらしいと分かった。

翌日、逮捕状が発行され、ピエール丘の身柄確保のため、捜査一課が東京のマンションに向かった。室内を徹底的に捜索して証拠物件やその痕跡を見つける必要もあった。

しかし逮捕に関しては大黒らのチームの任務外だ。サーカスの仕事はあくまでも変死体の事件性を確かめるものだからだ。

大黒は捜査の結果を自身のデスクで待っていたが大河原から入った一報は残念なものだった。

「色男、丘は死んでた。マンションの屋上から墜落死したんだとよ」

大河原の説明によると今朝、通勤前のサラリーマンがマンションの敷地内で倒れている丘を発見して通報したらしい。事故が起きたのは今日の未明という。

「同じマンションの人間、神戸流星会の息がかかった奴らだが、丘の事故には誰も気が付かなかったとぬかしてる。鑑識が捜査したが屋上にはフェンスがなく、手すりも低い。死体からはかなりのアルコールが検出されてる。間違って落ちてもおかしくないが、かなり臭いな。ご丁寧に屋上には洗濯物が散らばってたが、夜中に干すか？　どうも始末されたみたいだぜ。おまけに丘の部屋から証拠物件がまるで出てこない」

蛇の道は蛇だ。どう先回りして逮捕情報を得たのか、神戸流星会は自身らに手が及ばないようにトカゲの尻尾切りに出たらしい。

墜落死は他殺の中でももっとも立証が難しい。調べられても白を切ることができると分かった上での行動だろう。ヤクザが使う常套手段だ。

「歯切れの悪い結末だな。安物のコンニャクみたいだぜ。消化不良もいいところだ。香川のうどん事件のことも問いつめてやろうと思ってたのに」

概要を数之に告げにいくと苦い顔で答が返ってきた。納得がいかないのは大黒も同様だった。しかし変死体専門のチームだけに新たな事件でもない限り、継続して捜査に入れないのだ。一課の連中に任せるしかないだろう。

「まあ、香川の鑑識には奴が死んだ。捜査で追いつめた結果だと報告して溜飲を下げてもらうしかないな」

数之の言葉を聞きながら大黒の脳裏には、なにかがもやもやしていた。それはどこかもの悲しく、一方でせつなく甘酸っぱい印象をともなっている。丘の真っ白いスーツ姿が痛々しげに頭をよぎる。昭和、青春という単語が脳裏に浮かぶ。

「大黒、お前も人間大砲にならなかっただけ御の字じゃないか」

「若いという字は苦しい字に似てる、か」

思わずどこかで聞いた歌詞が大黒の口をついて出ていた。

「おいおい、お前も昭和にかぶれたか」

数之がまぜ返すと続けた。

「お前にしちゃ、珍しい。あっと驚くタメゴローだな」

数之のギャグは悔しい思いを誤魔化すためかもしれない。大黒はかすかに苦い笑いを感じた。昭和はいろいろと人を変えるようだ。まるで縁遠いはずの自分たちにもギャグを伝染させるのだから。

第二話　世界一重たい茹で卵

「確かに死んでるわ」

真夏のプールサイドでアメリが告げた。時刻は午後三時。場所は東京郊外。大黒を含め、捜査陣がいるのは私設の児童遊園地に併設された屋外プールだった。間近なフェンスには規制線が張り巡らされ、従業員とおぼしき野次馬の姿が張り付いている。

八月とあって平日の午後も太陽は勤勉だ。フェンスの向こうの小さなメリーゴウラウンドや小さな観覧車に照りつける西日がまぶしい。だが子供たちの歓声は響かない。事件のために入場が禁止されているのだ。

かわりにプールサイドでは思い出したようにカメラのシャッター音が鳴った。警察の誰かだろうが捜査のための撮影とは思えなかった。というのも先ほどから誰もなにも言葉を発せず、ただアメリを見つめている。

いつもなら「死んでるだろ」と変死体であることを確かめてくる機動捜査隊の大河原さえ、口を開かない。本庁で一番やる気のない人間が現場からさっさと引き揚げずに、目を充血させている。

　捜査陣が沈黙を続けるのは、普通なら死体が異常なせいだと考えられるところだ。プールサイドには全身が真っ黒焦げになった元人間が置かれている。しかし別の理由からだと大黒には分かる。三角形が脳裏を占領しているのだ。

　三角形は三つで、底辺と高さがいずれも十センチほど。従ってひとつの面積は五十平方センチ、喫茶店の紙ナプキンにも満たないサイズだ。しかも布地であり、水着である。

「ずいぶん臭いわね。焦げ臭いんじゃなくてクサヤを焼いたみたい。いろんな焼死体を見たけれど、こんな悪臭は初めてよ」

　大黒は内心で溜息(ためいき)を吐(つ)きながらうなずいた。

「確かに臭いな。なぜだ」

「さあ。人間じゃなくて本当は干物だったんじゃない？　それとも古代人は臭かったのかも」

　アメリにも医学的な答が出ていないらしい。死体は臭いばかりでなく、古代遺跡のパン屋のオーブンの中にあった出土品といってもいい形状だ。やけにでかくて丸くて真っ黒で、胴に頭が直接くっついているといっていいほどで、太短い突起が四つ飛び出している。

「焼ける前はどのくらいの人間だったんだ」

「そうね。燃えても身長は変わらないから百八十センチ程度。でも体重はかなり減る。生前は二百キロはあったんじゃない？」

「四つの突起は手足か」

「そうよ。屈伸運動みたいに畳んでいるでしょ。ボクサー姿勢っていって焼死体の典型例だわ。でもざっと見たところ、気道に煤は見当たらない。大黒、意味は分かる？」

かがみ込んでいるアメリが死体から顔を上げた。捜査陣の視線がいっせいに動き、カメラのシャッター音が鳴った。アメリの言葉は正しい。おそらく真夏のプールで真っ黒に焼けて死亡した人間。しかも水中でだ。あり得ない変死体なのは確かだった。

「服を着てこいよ」

大黒はアメリに告げた。アメリが着ているのは真っ白なビキニ。金色の星が柄になっている。三角形の面積については計算しなくても明白だ。アメリの乳房の方が明らかに水着より表面積が大きい。

だからアメリが動くたびに申し訳程度に巡らされている布地の上下左右どこからでも乳房がこぼれ出そうなのだ。

「服を着る？　どうして？　プールでは水着なのが普通でしょ。服でいる方が変だわ。白衣が濡れるじゃないの。染みになったら目も当てられない。それが一番の問題だわ」

アメリが口を尖らせた。一度、分かるように教えなければならない。プールで水着なのは少しも変ではない。変なのはアメリ自身だ。そしてここは水着ショウのステージではない。捜査現場だ。だが今、アメリの思考に関わっていると夜が明けてしまう。

「水着が駄目なら裸でいろっていうの？　わたしは別にいいけど。お尻の蒙古斑もとっくに消えたし、尻尾も生えてない。目を皿にされるような変な部分はないから」

やはり分かっていない。皿にされているどころか、体が溶けるほど視線をそそがれている。だがアメリにとって他人の視線など頓着の対象外なのだ。

「もっとも裸でも変なのがそこにいるけど。やけにうなじのヘアが濃いから」

アメリの言葉に応えるようにぶるると鳴き声がした。動物だ。正確には馬。正真正銘の馬が、たてがみを揺らしてプールサイドでいなないている。黒くつややかな毛並みのサラブレッドだ。

「アメリ、気道に煤がない意味が分からない。説明を頼む」

アメリへの苦言をあきらめて大黒は話を続けた。捜査陣の誰もがアメリの背中で結ばれた水着の紐を見つめている。念力でチョウチョウ結びを解こうとしているようだ。

「焼死体ってのは大抵、火に囲まれて逃げ切れずに死亡するでしょ。だから煙を吸い込む。だけどこの死体は気管にその痕跡がないの。つまり周りが火事だったんじゃなくて、自分が火事だったわけ」

「人体自然発火現象っていいたいのか。オカルトは信じない。あり得ない話だ」

大黒はつぶやいたが、状況はその通りだ。機動捜査隊の大河原の一報を受けて自身らが到着したとき、死体はまだプールにあった。全身が丸焦げで浮かんでいるのを捜査陣が総出でプールサイドに引き揚げたのだ。

世の中、思わぬ火災に見舞われる場合がある。天かすの小山が酸化して燃え出す。蛸(たこ)足(あし)配線がショートして火花を噴く。油の染みたエプロンや作業着を乾燥機に入れると発火する。金魚鉢や猫よけのペットボトルがレンズになったり、最近ではアメリカのトルティーヤチップス製造工場で四度も火事が続いた。廃棄処分するチップスを砕いて箱に入れていたが気温が上昇して油の染みているチップスが箱ごと燃えたのだ。

だが今回はもっとも火事とは縁遠い水中のはず。当然のことだがプールの中が火事になることはない。なのに死体はアメリが告げたように全身が水中で燃えたことになるのだ。

厄介だ。だが警視庁は犯罪者と刑事には冷酷だ。公務員である大黒にとって変死体は穴が開いたままの公道と同じで、対処しなければ出世に響く。

「体がすっかり炭化したわけじゃないから内臓は茹(ゆ)だったままのはずよ。後で解剖して確かめるけど死因は火傷(やけど)による機能障害ね。そんなわけで世界一重たい茹で卵がプールで自分を自分で調理したってことらしいわ。数之が喜ぶのも当然よ」

背後でぺたぺたと足音がした。視線を後ろにやるとオットセイが歩み寄ってきていた。

いる。

馬に加えて二匹目の動物の登場だ。全身が真っ黒で水中眼鏡(めがね)にアクアラングを背負って

「へへへ。とうとうバチカンに電話する日がきたな。正真正銘の奇蹟(きせき)との遭遇だ」

数之は満面に笑みを浮かべて大黒とアメリに目を据えた。

「いいか、ちょっと講義してやろう。今回のような人体発火現象は十七世紀以来、結構、記録されているんだ。過去に二百例もある。最新の報告は二〇一〇年のアイルランドでだ。無人ロケットが小惑星から土を持って帰る時代だぜ。だのに聖書のヨブ記が神罰としている謎がまだ解けない」

「愉快っていいたいのね」

アメリが受けた。

「アイルランドの一件ではクリスマスの少し前、西部の街で早朝に火災報知器が近所に鳴り響いた。それですぐさま消防が急行。だが隊員が踏み込んだ建物内は、居間で横たわっていた黒焦げの遺体以外には燃えた形跡がまるでなかった。現場検証でも火元は見当たらない。事件を担当したベテラン検視官は徹底的な調査をして死因を人体自然発火だと断定した」

「明らかに人体以外に火の気がないわけね。チビフグがオカルト現象を信じたいのは分かるけど、科学的な裏付けもできるんじゃない？　人体が黒焦げになるのは例えばフリ

ースを着てたらよくあるわよ。起毛は空気を多く含むから表面がフラッシュして爆発的に炎上するのよ」

「クリスマス前のアイルランドだぞ。フリース程度で寒さがしのげるか？　まあ、その事件はおくとして、そこのプールサイドに出来上がってるのはなにも着ていないはずだ。プールの中だったからな」

「そうよ。ジェームズ・ボンド以外は誰も服を着て泳がないわ。染みになるから。ただこの人、水泳パンツは穿いてたみたい。股間に焦げた繊維が張り付いてる」

「へへ、男ってことか。自主的な行為なら、かなりのマゾだったんだな」

「この死体はとっても皮下脂肪が厚いわ。フリースが原因じゃなきゃ、人体ロウソク化現象と関係してるかもしれない。皮膚が裂けて脂肪が露出すると、溶け出して燃料として供給されて自分が燃えちゃう。一定の条件下なら人体がロウソクと同じになっちゃうのよね」

「だがな、フリースでもロウソク化でも、そもそも最初の火種が必要だろうが。だけど今回は水中だ。マッチも擦れない状況のはずだ。なにがこいつに着火したっていうんだ」

「そうね、恋の炎かしら」

「キューピッドの矢は安全性がＪＩＳ規格外ってのか。いいか。もうひとつ講義してやる。人体自然発火は、今までの例では、なぜか足だけ焼けずに残っていることが多いんだ。燃えても死体は散歩に行きたいらしい」

「面白いっていいたいのね」

「そこでいろいろと科学的な推理が開陳される。もしかするとある種の人間には足から上に発火する細胞があるんじゃないかとかな。だが今回は足から頭のてっぺんまで丸焦げだ。となるともっと別のなにかが関係してるかもしれん。そこで登場するのが超能力だ。俺としちゃ、しっかり調べて世界初の人体自然発火現象の証明者になるつもりだ。パイロキネシス、発火超能力と関係していると」

　二人の会話は大黒にとってはちんぷんかんぷんだったが、数之が主張したいオカルト説は業務上、否定しなければならない。信じられれば楽だが、その日からおまんまの食い上げだ。完全犯罪がまかり通ることになり、刑事としての職務は意味をなさなくなる。それに真否はともかく数之にいつまでも講義をさせていては捜査が前に進まない。

「水中の検証があるんじゃないのか」

「ああ、そうだったな。それじゃ、謎の深海に奇蹟を発掘しにいってくるぜ。戻ってくるまでに目撃証言を聞いといてくれ」

　シュノーケルを口にくわえると数之がプールへ飛び込んだ。トンデモ本の愛読者である数之は大河原からの一報に人体発火現象と決め込んでいる。天国に昇るほど嬉々(きき)として捜査に臨んでいるのだ。

「よく中に入れるわね。わたしは白衣を濡らすのもいやだわ。プールで赤い目になるのはオシッコのせいだってしってる？　この中はみんながしたオシッコだらけよ。それが塩素と化合し、クロラミンって成分になって、ぷかぷかしてるの。プールに入るのは便器で水浴びしてるようなものだわ。うっかり飲んだりしたらスカトロもいいところよ」

アメリは触れざるべき真実を身も蓋もなく口にする。白衣を着ない理由は今の言葉からくるようだ。しかし水滴が飛べば裸の体にオシッコを浴びることになる。それは平気なのだろうか。

「餌をやってもいいかね？」

再び背後で声がした。見るとドングリに手足が生えたような人物がプールサイドの馬に寄り添っている。森田だ。手にしたビニール袋からニンジンを取り出している。どこかへ消えたと思ったが八百屋に寄ってきたらしい。大黒は目撃証言を聞き込むために森田を手招きした。

「わしゃ、水の中で人が燃えるのを初めて見たわい。いろいろな死体を見てきたが、こりゃ、絶品のホラーじゃな。ビデオカメラを取りに帰らんといかんぞ」

大黒が話し始める前に横にきた森田が告げた。森田は趣味でホラービデオを制作している。今回は大黒らが到着したとき、規制線の外にいる野次馬の一人だったが、事件の一部始終を見聞していた。そのために参考人として立ち会っている。

「引き揚げるのに苦労したじゃろ？　なにしろ日高山関は力士の中でも特に肥ってたからのう」

「森田さん、するとこの黒焦げの死体は相撲取りなのですか」

「へえ。あの日高山なの。だったらボクサー姿勢じゃなくて、はっけよい姿勢だわ」

森田の言葉で手間が省けた。というのも死体は全身が真っ黒に焦げている。顔も指紋も判別が付かないほどだ。所持品もない。焼ける前ならチョンマゲが手がかりになっただろうが身元の確認をどうするかと考えていたところだ。

日高山なら現在売り出し中の関脇だ。大黒も聞いたことがあった。向かうところ敵なし。いずれは横綱との評判だ。独身で愛嬌があり、ファミリー層に人気の力士である。

「森田さん、事件の様子を詳しく聞かせてくれますか」

「ああ、いいよ。まず天気と関わりがあるんじゃ。なにしろ今日は朝からお日様がじゃんじゃん照っとった。だもんでわしは久しぶりにプールに泳ぎに行こうと思い立ってな。それでまあ、押し入れから水泳パンツを引っ張り出して、タオルやら昼飯の弁当やらをリュックに詰め込んで、てくてくとやってきたわけさ。ところが帰る段になると、いくら捜してもない」

森田の話はいつものように長くなりそうだった。アメリはすぐに気乗りがしなくなったのか、馬の観察に向かった。

「ないってなにがです？」

「携帯電話じゃよ。おかしいな。どこにいったんじゃろ。買ったばかりの最新式じゃぞ。完全防水でな」

「携帯については紛失届を受け取りますよ。話の続きをお願いします」

「ああ、目撃証言だったな。ここはそれほど家から遠くない。歩いて二、三十分ってところかな。それで汗を掻いて到着すると冷たいプールにどぼん。砂漠のオアシス、常磐のハワイ。極楽そのものと午前中いっぱい、わしは近所の子供やお母さんたちと、じゃぶじゃぶプカプカやっとったんじゃ。ところが一時になると、ここの与太郎がやってきて今日はここまで。特別な貸し切り予約があるから出てくれってことになったわけさね。子供たちはまだ泳ぎ足りない様子だったな」

「与太郎って？」

「ここの経営者じゃ。あだ名なんだが、わしの幼なじみで、大人になっても遊園地に目がなくて自分の地所に自費でこんなのを作ったんじゃ。まったく与太郎だわ」

「変わったお友達がいるんですね」

　森田本人を揶揄したつもりだったが、こたえていないらしい。大黒は話を核心に進めることにした。

「プールを借り切っていたのは日高山だったわけですか」

「そうじゃ。与太郎は相撲にも目がなくてな。日高山のタニマチなんだわ。それで融通してやったなとわしはぴんときた」

「聞きたいんですが、相撲取りも人間ですからプールに泳ぎにくるのは不思議ではないです。だけどどうして馬と一緒だったんですか。まさか乗ってきたんじゃないですよね」

「そこなんじゃがな。与太郎から一カ月ほど前に話を聞いていたんじゃ。あいつの地所に大きな家を建てて日高山が引っ越してくるってな。なんでも十両になったら部屋を出てもよくって、一人暮らしを始めたそうなんだ。その理由が馬だとさ」

「馬のために自宅購入ですか」

「日高山は名前の通り、北海道日高町（ひだかまち）の出身だそうだよ。ご家族が厩舎（きゅうしゃ）で働いていて子供の頃から馬と一緒に生活してたんだと。それでいつかは故郷に牧場を持つのが夢だそうで、関取になって手始めにハヤテ号をこっちで飼い始めた。山梨にある観光牧場でだ。だが可愛（かわい）くて仕方ない。早く自分のそばに置きたいと必死で相撲に励んでな。とんとんと関脇に出世して金ができたから、念願の馬と一緒の生活にこぎつけたわけじゃ」

「すると日高山は馬が可愛くてプールに一緒に連れてきたんですか」

「いや、トレーニングの一環だそうじゃよ。さすがにここいらに大きな家を持ったとしても、牧場並みにはいかん。与太郎には、もっと相撲で稼いで、ゆくゆくはこの遊園地に動物ふれあい広場を作ろうと話していたそうだが、馬は走るのが商売じゃろ。運動させなきゃ、健康を害する。それにはプールで泳がせたり、歩かせたりが一番なんだと。ま、わしが馬の話を聞いたのはついさっきじゃがな。なにしろハヤテ号が家にきたのは数日前だそうじゃ。関取ってのは案外、忙しいみたいだよ。先場所が終わっても付き合いがいろいろあって、やっと引き取る時間ができたそうじゃ」

森田の長い説明でプールに馬がいる理由は理解できた。だが肝心の事件の詳細がまだだ。数之が主張するオカルト現象説を退けるためにも力士が燃えたところを聞き込む必要があった。

「それで森田さんは一時にプールから出たわけですね。それからずっと日高山と馬の様子を見ていたんですか」

「いいや、携帯電話じゃよ。どこへいったのか、皆目、見当たらん。外かなと思ってフェンスの辺りを捜してた。すると浴衣(ゆかた)姿でハヤテ号を連れた日高山がプールサイドにきてな。馬はそのままプールへざぶん。日高山は手綱を持ってプールサイドをいったりきたり、楽しそうにしておった。だが不意に馬が高くいなないたと思うとプールの中で騒いだ。なにかに興奮したのかな。それで日高山関はハヤテ号をプールサイドに誘導したんじゃ。それでも暴れるんで用心のためじゃろ、手綱をあそこに結んだ」

森田が馬の方を指さした。馬の手綱がシャワーの配管に結ばれている。

「だがなんだろうな。不意に日高山関が浴衣を脱いだと思うと水泳パンツ姿になって、どぶんとプールに飛び込んだ」

なんとか話を要点までこぎ着けることができた。アメリと数之が問題にしていた火種を確認する必要がある。

「日高山はそのときにプールに入ったわけですね？　なにか異変に気が付かなかったですか。周りで誰かが煙草を吸っていたとか、外でゴミを燃やしていたとか、火の気はなかったですか」

「そんなものはなかったよ。暑いのはお日様だけじゃ。とにかく日高山関がプールに飛び込んだんで、やっぱり暑いんだなとわしは思った。馬を見ていた子供たちもそう思ったはずだ。そしたら水の中でピカッと光がきらめいてな。それで日高山関が沈んだ。と思うとその光がぱぱぱと激しく輝いたんじゃ。ぶくぶく泡は出るわ、日高山関は光に包まれて見えないわ。なんだか手品でも見てるみたいなことになってな。なにが起こったのか、誰もぽかんとするばかりだわい。だがあんまり続くもんだから、こりゃ変だと騒ぎになったときに、ぽっかり真っ黒焦げの大きな塊が浮かんできた。はっけよいの恰好でだ。こりゃ、死んだなとわしはぴんときた。なにしろ死体と出会うことに関しちゃ、玄人だ。お母さんたちに子供らを連れ帰るように指示して、後は与太郎や従業員とあんたらの到着を待つことにしたんじゃよ」

熟練変死体ハンターといえる森田にも今回の事件は驚きだったのだろう。一段落するまで森田の説明は長かった。しかし事件の概略はつかめた。問題は核心部分だった。

話では火の気はなく、日高山はプールに飛び込むまではぴんぴんしていた様子から、どう考えても自然死ではない。人体が自然に発火するのかどうかは大黒の理解を超えているが、目撃証言からすると現時点では事故死が濃厚に思える。ただ事故死なら数之の説明にあった通り、水中で火種が必要になる。というより、そもそも水中でなにかが発火するのだろうか。

「つまり、本当に火の気はなにもなかったんですね。関取が飛び込む前にパンツが燃えてたりしてなかったですね」

「ああ、なんにもなかった。チョンマゲからも煙ひとつ出てなかったわい。わしはこう見えても近所の消防団の古株じゃ。焦げ臭いものは不渡り手形も見逃さん」

謎は脳内でブラックホールと化した。論理を呑み込み、出口はない。衆人環視の状態での死亡。事故か、自殺か、他殺か。そのいずれにせよ、なぜプールで焼死したのか。なぜ突然、飛び込んだのか。

しかもほぼ全裸で、燃える物は皆無。どうなれば水中で焼死するのか。もしかすると本当にオカルト現象なのか。馬は関係しているのか。付け足せば死体はなぜ臭いのか。

森田の証言は大黒の論理的な推理を阻む壁となっていた。万里の長城ほどの障壁だ。数之が主張するオカルト現象の方がまだすっきりする。仕事を楽に終えるために超能力が関係していると立証できれば——。大黒の脳裏に黒い誘惑がちらちらし始めた。

「残念じゃな。日高山は五月場所と七月場所で通算二十三勝してるんじゃ。九月の場所で十勝すれば三十三勝。大関昇進が目の前なのに。いずれは横綱になって、ハヤテ号にも大きな庭を買ってやれたじゃろう。プールとはいえ、浮かばれんのう」

ざぶりと水を割る音がするとプールサイドにオットセイが這い上がってきた。着けていた水中眼鏡をむしり取ると足下に投げ捨てる。

「ちくしょう。バチカンに電話する機会がきたと思ったが、大外れだぜ」

大黒はオカルト現象を期待しかけていたが、数之は唇を噛むと息を吐いた。かけようと思った言葉を呑み込んで大黒は待った。数之は勢い込んで水中に入ったときとはうって変わってロンサムな風に吹かれている。

「鳩が飛び続けてる。ボブ・ディランの唄が聞こえるぜ。アメリ、死体の足の裏。なにかくっついてないか」

「どうかしら。あんまり臭いんで詳しくは解剖の時にと思って、まだ細かく検死してないけど」

ハヤテ号のそばにいたアメリが数之の声に死体へ歩み寄ると足の方にかがみ込んだ。

捜査陣の視線がいっせいに動く。

「ああ、確かにあるわね。なにか黒い燃えかすが付着してるわ」

「やっぱりか。踏んづけて壊したんだ。見つけなけりゃ、よかったぜ。奇蹟との遭遇がおじゃんだ」

数之は手にしていたビニール袋を二人に指し示した。プールにあった残留物らしい。中には黒光りする塊や鈍い光沢の物質が入っている。金属のようだ。スイミングスーツを脱ごうともせず、情けない目で数之は大黒を見つめた。

「誰かプールに携帯電話を落とさなかったか」

大黒は数之の声に無言で森田を見やった。今の言葉で日高山関がなぜ突然、浴衣を脱いでプールに飛び込んだかに理解が及んだ。プールサイドに忘れていた森田の携帯を馬が騒いだときに蹴飛ばし、プールに落ちたのだ。

「携帯は防水タイプだったんだ。火種はそれだ。ここにあるのは鉄。純鉄だ。もうひとつは合金。おそらくニッケルコバルトだろう。なんのことはない。テルミット反応だ。俺はすっかりやる気がなくなった。帰らせてもらう」

数之は溜息を立て続けに吐くと、スイミングスーツを脱ぎ始めた。大黒は脳裏の黒い誘惑を口にしなかったことに感謝した。暑さで魔が差しただけだ。もし同意していれば、以降は数之の派閥に誘い込まれていただろう。目だけを出した黒いマントを着て。

残念ながらオカルト現象として事件を処理する線は消えた。となると残された多くの謎をきちんと解明しなければならない。厄介だ。いつものことながら、疫病神が隊列を組んでやってきたみたいだ。脳裏にちらついていた黒い誘惑は消え、空虚な砂漠がどこまでも広がっている。オアシスはどこにもない。

「テルミット反応ってのはなんだ」

「大黒、高校時代の化学の授業を思い出せ。そしたら分かる。とにかく俺はおさらばする」

数之は落胆の最北にいるようだ。だが科学的に解明できるのなら、事件として成立することになる。ここからが本来の仕事なのだ。

「数之、ここで仕事を放棄したら俺は報告書にお前のことを記載しなきゃならない。そうなると明日から職を失うぞ。お前が民間企業で働けるとは思えない」

大黒の言葉に数之はその場にしゃがみ込むと顔を両手で覆い、うめき声を上げた。

「了解ってことだな。さてこの一件が自然死でないのは確かだ。事故か自殺か他殺か。それを追求していく必要がある。続けろ」

「嫌なこった。一人にしてくれ。これから北へ旅に出る。これが最後の置きみやげだ。あのな、俺が言うテルミット反応って判断が正しければアルミニウムかマグネシウムか、どっちかだろう。どっちでもいいが、その粉末をこの死体は全身にかぶってたんだ」

「どっちなんだ」

「酸化アルミが検出されればアルミニウムだ」

そこまで告げて数之は虚脱したようにプールサイドにへたり込んでしまった。

「日高山はアルミニウムをかぶっていたのか。テルミット反応の説明は後でゆっくり聞くが、プール内での化学反応ってことなら全裸でのことだよな？　なにがどうなってこうなる？」

「それはお前が調べろよ。今の俺にはなにも耳に入らん」

「するとなにかの。日高山関が焼け死んだのはわしの携帯電話のせいなのかい。わしはなにかの罪に問われるのかい？」

数之の大雑把な説明を聞き、おおよその次第を理解した森田がおずおずと尋ねた。

「大丈夫でしょう。数之の言葉から察するとプールに落ちた携帯電話を関取が間違って踏んづけたんだと思います。着火したのは事故ですね」

数之の説明はないが、おそらく、ことの発端はそんなことだろう。ただ核心となる謎が残されている。関取がアルミニウムを全身にかぶっていた点だ。

理由があってのことなのか、それとも偶然か。そもそも金属粉を全身に浴びてちくちくしなかったのか。相撲取りは別なのか。いずれにせよ、金属粉の謎が解明されない限り、事故か自殺か他殺か、事件の全貌は明らかにならない。

「数之、立て。とりあえず関取の自宅へ捜索に向かう」

大黒の言葉に安心したのか、森田が告げた。

「関取の家ならわしが案内してやれるよ。しかしハヤテ号は、なにがあって騒いだんだろうなあ。なにか陰気な音楽みたいなのが聞こえた気がするんじゃが。それとも主人があの世へ行くのが虫の知らせで分かったのかな。動物には野性の本能があるからなあ」

「どうせ、近くの学校かなにかの放送だろ。下校時間だったはずだ。俺にはどっちでもいいが」

数之が力無く答えた。

「ふふ。やっと仕事らしくなってきたじゃないの」

アメリがしょげかえっている数之を見やりながら含み笑いを漏らしている。かしゃりとシャッター音が響き始めた。報道関係らしい人間がプールサイドでカメラを構えている。野次馬の一人がネットに書き込みでもしたのだろう。最近は一般人の事件への反応がべらぼうに早い。

「可愛いわね、馬って」

アメリが水着姿で何度も馬を振り返ってつぶやいた。ビキニと乳房が危うい関係となって揺れ続けている。

「アメリ、撮られているぞ」

「だから、なに？」

「そろそろ服を着ろ」

「分かったわよ。ところで大黒、あんた昼に餃子を食べたでしょ。ニンニク臭いわよ」

他人の食事にケチを付けるとアメリが更衣室へ消えた。機動捜査隊の大河原がそれを見送ると携帯電話をポケットに入れ、初めて口を開いた。

「みんな、帰るぞ」


「あんた、ハヤテ号に嫌われたな」

馬の手綱を引きながら田舎道で森田が告げた。大黒はシャツをめくり、濡らしたハンカチで二の腕を冷やしている。腕に大きな歯形があり、血が滲んでいた。森田と並んで歩くアメリが振り返って笑った。

「大黒は馬から見たら悪人顔なのね。わたしには可愛らしく尻尾を振ってたわよ」

あいつは牡だな。だから小さなビキニが好きなんだ。あるいはアメリの意見のように事件に関係していると疑ったのを見透かされたのか。いずれにせよ、車にすればよかった。大黒は痛みに後悔した。

日高山関の家に案内すると告げた森田の言葉に、大黒はプールまでの道筋や近隣を調べるため、徒歩で移動することにした。どこかに金属加工工場や塗装現場があるかもしれないからだ。

というのも出かける前に数之からテルミット反応について聞き出したためだ。意気消沈してざっくりとした説明だったが酸化した金属が還元する化学反応だという。ハヤテ号は聞きながら鼻を鳴らしていた。それみろといいたかったらしい。

テルミット反応とは高校の化学の実験の定番なのだとか。酸化鉄（例えば砂鉄）とアルミニウム粉を燃焼させると砂鉄が純粋な鉄に戻る。その際、激しい光を発し、水の中でも火が燃えるのでティーンエイジャーの生徒たちに大人気らしい。

この反応は古くから溶接に利用され、鉄道の路線修理や第二次大戦中は焼夷弾にも使われた。燃焼は激しく、酸化鉄とアルミニウムの場合は三千度までの高温に達する。量によっては骨まで燃えつきさせるほどという。

ただ着火させる必要があり、高校ではリボン状のマグネシウム片を使う。いわば花火の導火線部分だ。今回の場合はそれが携帯電話だった。

「大黒、携帯電話の中のリチウムイオン電池はケース内が正極と負極の成分に仕切られているんだ。このケースがなにかのはずみで壊れると化学反応が起こり、発熱発火に至る」

数之の説明で大黒はときおり見聞する報道を思い出した。バッグに入れていた携帯が燃えたという事件だ。

厄介なことにリチウムイオン電池もアルミニウム粉末も、水をかけると化学反応が起こって水素が発生してさらに燃える。森田が見たぶくぶく湧いた泡や手品のような光はすべて関連する金属の反応だったのだ。

日高山関はハヤテ号がプールに蹴落とした携帯電話を捜していた。その際に誤って踏んだため、体重で簡単に電池が壊れた。しかも森田の携帯は防水だ。水浸しになる前に発火を起こし、携帯が火種となって、関取の全身に付着していたアルミニウム粉と酸化鉄が還元反応を起こしたわけだ。

その結果、日高山関は自分自身で真っ黒焦げになり、プールの底にはテルミット反応による純粋な鉄とニッケルコバルト合金が残った。オカルトどころか、極めて科学的な現象だったのだ。つまり日高山関はアルミニウム粉と酸化鉄を全身に浴びていたことになる。

「あんたのこと、見てるわよ」

アメリの言葉の通り、手綱を引かれながらハヤテ号はじっと大黒を見つめている。

「なにもかもお見通しだぞっていってるみたい」

馬の視線に大黒の脳裏には口に出せない自身の過去がいくつも浮かび上がっていた。子供の頃のイタズラも。

この馬は本当に俺のなにかをしっているのか。だが幼少期から馬が身近だったり、なにかを見られていた憶えはない。するとこの馬はフロイトかユングの生まれ変わりか。

大黒は改めて数之の説明の続きを反芻した。数之によるとアルミニウムは金属加工でよく使われる。塗装工事では酸化鉄粉が混じった通称「べんがら」という、防錆用材を使う。これは陶磁器の釉薬や顔料、磁気ディスクやビデオテープにも使われているという。どこかで日高山関がそれらの金属を体に付着させた場所があるはずなのだ。徒歩にしたのはその必要性からだった。

「手洗いにいってていいかのう」

出発前に更衣室で着替えているアメリを待っていると、ハヤテ号の手綱を持っていた森田がいいだした。女の着替えは戦闘装備だ。どのくらい時間がかかるか、男なら子供の頃からうんざりさせられている。仕方なく、森田の言葉に大黒が手綱を受け取った途端、ハヤテ号が首を振った。そして大きく口を開けた。

かぷり。はっきりと音がした。ハンカチを当てている大黒の腕が腫れ上がっているのは、そんな顛末からなのだ。

なにが気にくわなかったのかは分からない。一口噛んで後はしらんぷりだ。だが反撃するわけにもいかなかった。相手は馬だ。この上、蹴られでもしたら大怪我を負うことになる。

「痛いだけよ。血が滲んだ程度だし、ハヤテも加減してくれたんじゃない？　ちゃんと消毒してあげたから変な病気にはならないわ。歯形はしばらく残るでしょうけど」

アメリの言葉に数之がかすかに笑った。馬に嚙まれたのは癪だが、しょぼくれていた数之が少しは仕事を続ける気になったのは確かだ。馬に感謝するつもりはないが。

「奇蹟を証明して見せろよ」

大黒は最後尾にのらのらとついてきている数之に声をやった。

「これから調べる関取の家にまるで金属粉がないとする。そしてその後の捜査でもだ。するとお前がいうオカルト現象って線も浮上するんじゃないか。俺は信じないが、無神論者の俺に天罰を下してみたらどうだ。そのためにも、しっかり鑑識作業をしろよ」

「ああ、そうかい。おっしゃる通りさ。世の中には科学で説明できない出来事が実在する。科学を商売にしている俺はそれを肌でしってる。バチカンとは今日限りってわけじゃないさ。お前らに目に物見せてやる。ゼウス様の雷をびかびかと落っことしてやる」

数之は空元気を鼓舞するように大黒の言葉に毒づいた。ギリシャ神の信者とはしらなかったが、負けん気が出てきた様子だ。

実際、ここまでの道すがら、目をやってもどこにも工場や塗装現場はなかった。何度か訪れている森田の地所よりも田舎じみた風景が広がっているだけだ。

家屋も数えるほどで、ほとんどが農園や雑木林。科学ともゼウス神とも、かなりの距離がある。金属粉を浴びるには条件が悪いのは確かだ。

「ここじゃよ」

先頭に立っていた森田とアメリが歩みを止めた。ハヤテ号が大きく口を開けてこちらを見つめている。笑っているのだろうか。それともまた噛みたいのか。

目の前に構えているのは垣根が巡らされた大きな一軒家だ。奥には真新しい小屋が見える。おそらくハヤテ号の厩（うまや）なのだろう。すでに所轄によって規制線が張られ、数人の警官が警備をしていた。森田は家の前で馬をいなしながら告げた。

「もう三時をだいぶ回っとるわい。小腹が空（す）いたが、あんたら、どうするね？」

どうするといわれても、公務中の間食は、はばかられる。それにこの田舎だ。食堂もコンビニも目に入ってこない。食べるにはどこかへ戻るしかないだろう。

「我々はこれから日高山関の自宅の検証に入ります。森田さんは引き揚げていただいて結構です」

事件の概要は理解できた。これ以上、捜査に立ち会わせる必要はない。むしろ退散させた方が厄介な展開につながらないはずだ。大黒は小屋を指さした。

「そうかい。それじゃ、わしはハヤテ号をつないでくる」

森田は残念そうにつぶやくと馬の手綱を引いて敷地の奥の小屋へと向かっていった。

大黒はアメリ、数之にうなずくと家屋の玄関まで進んだ。

「爺（じい）さんの子供の頃にはまだ農耕馬や牛がいたのかな。あっという間に手懐（てなず）けちまったが」

「体質よ。動物はあんたや大黒が悪党だと判断するのよ。わたしにはちゃんと尻尾を振ってたもの」

「だが主人が死んだ今、あの馬は誰が引き取るんだ？　警視庁か。まさか俺たちが担当するってことはないだろうな？　大黒、お前、馬について勉強しておけよ」

確かに万が一に備える必要は大いにある。事件が解決するまで故人の遺留品は担当部署の管轄だ。しかし何を意識してか、ハヤテ号がこちらに好印象を抱いていないのは確かだ。

「お尻にも胸にも手を出してないな。おさわりなしだな」

数之は玄関口にいた所轄の鑑識に現場保存を確認した。相手はうなずく。しばらく言葉を交わした数之は持参していたケースを置くと手袋をはめた。

「なにを調べりゃいいんだ、大黒」

「アルミニウムと酸化鉄の粉。それと日高山関がどんな人物だったか。気が付いたことをおしえてくれ」

数之とアメリがうなずいた。大黒は通常より特大サイズの玄関ドアを開けた。

「所轄の話じゃ、玄関はピッキングされてたらしい」

つぶやきながら数之が続けた。

「相撲取りの生活というのは遠近感がおかしくなるな」

数之の言葉通りだった。大黒は自身が童話の世界にもぐりこんだような錯覚を憶えた。自身が巨人国にきたガリヴァーになった気分だ。目に入る物がどれも特大サイズ。玄関の先には何十畳もある居間が広がっている。そこに壁を占領する大画面サイズのテレビ。テレビの前に巨人用としか思えないソファ。

ソファの上に体を広げているアンコウは置かれたクッション。真ん中のガラステーブルは永久凍土のように分厚く、上にあるコップは植木鉢を思わせる。すべての寸法がちぐはぐで辺りはデッサンが狂った絵画だ。

「ねえ、こっちも規格外よ」

居間の奥に向かったアメリが声を上げている。カウンターテーブルの向こうはキッチンだった。大黒と数之が向かうと北京(ペキン)飯店の厨房(ちゅうぼう)を思わすキッチンに数々の調理器具が並んでいる。

中央にステンレスの調理台。そこにガスレンジが四つ。中華料理店にある火力の強いタイプで上に鉄の中華鍋が置かれている。

「骨は丈夫だったようだな。鉄分は十分に摂取できる。ただし粉末じゃないが」

鍋の他にも特大のフライパン、鉄の焼き網、包丁。日高山関は料理が得意だったようだ。確かにここで暮らすのなら外食は手軽にできない。食事は自分で作るしかないだろう。

「電子レンジがはしごになってるわ」

アメリはキッチンの奥を指さした。両開きの巨大な冷蔵庫が三つ。その横に人間の背丈ほどの高さで床から上へと鉄枠が設けられ、それぞれの棚に電子レンジが収められている。合計五つ。

「きっと、一度にいくつも使うのね。なにをどう作ったのかは分からないけど健康に注意していたのはアスリートらしいわ」

電子レンジを五つ用意してあるのは必要性があるからだろう。汁、肉、主食、副菜、飲み物。一食でバランスがいい食事を用意するのに、いちいち順番に仕上げるのは手間だ。同時に用意するためだろうが、要するにその量が半端ではないのだ。

数之が手袋をした手で冷蔵庫を開いていった。中には食品がラップに包まれたり、ポリ袋に入って詰め込まれている。鶏肉(とりにく)と魚介類が目立つ。二つ目は野菜専用庫か。大根に葉物、根菜類。おそらく鍋料理を多く食べていたと推測できた。

最後は冷凍食品専用らしく、パック詰めのミンチ肉、麺類などが並ぶ。好物だったのか、夏場というのに、ぎっしりと肉まんも詰まっていた。

「解剖したら胃袋が牛みたいだったりして」

アメリがつぶやいた。レンジの横手にはスーパーにあるような特大サイズのゴミ箱が並んでいる。紙ゴミ専用の物は口までぎっしり、プラスチック類や空き瓶、空き缶も大量に詰め込まれている。

そばに畳んだ段ボール箱が小高く積まれていた。おそらく冷凍食品を箱ごと購入しているのだろう。キッチンはまるでスーパーマーケットの裏口か、食品会社の倉庫のようだった。

「アメリ、人体ってのはどのくらいの表面積だ」

「そうね。成人男性の体表面積はおよそ一・六平方メートルとされているわ。畳一畳ほどね。だけど日高山なら畳二畳ほどかしら」

「数之、あれだけ黒焦げになるにはアルミニウム粉や鉄粉がどのくらい必要なんだ？」

「そうだな。還元した鉄からすると金属粉がそれぞれ四百グラムずつか。粉末にすると通常のインスタントコーヒーの瓶がふたつってところだ。だが調べは簡単だ。ここに金属粉がどれだけ残されてるか分からんが痕跡程度だとしても目視で分かるぜ。光に反射してキラキラするからな」

「頭まで丸焦げになったのはなぜだ？　どっぷり金属粉にひたりこんだのか」

「相撲取りは鬢付け油をつけてるだろ。おそらくそれで髪も燃えたんじゃないか。なにしろ相当の火力だからな」

「テルミット反応は粉末じゃないと起こらないのか」

「ああ、固体ではむずかしいな。着火するにはかなりの火力が必要だ。電子レンジを使えば別だが、プールの中じゃ、コンセントがないぞ」

「アルミホイルがあるわよ」

アメリが手近な戸棚を開けている。中にはぎっしりとスーパーの売り場のようにホイルの箱が積み上げられている。だが数之の言葉からすると、こちらもシートのままでは燃えづらいはずだ。プールでこれを体に巻いていたとの証言もない。

キッチンの横に半透明の扉がある。かなり大きい扉のひとつを開くとトイレだった。便器がうずくまる海獣のようなサイズだ。真っ白なシャチといってもいい。床にはトイレットペーパーが小山になっている。

二つ目の扉を開けると風呂場だった。そこだけがごく普通の世界だった。通常のマンションと同サイズのバスタブ、横にシャワー。ボディソープのボトルが申し訳程度に一瓶だけ置かれていて風呂場は乾ききっている。使用した形跡はなかった。

「なんだか、なごむな」

数之が感想を漏らした。大黒は居間に戻ると玄関横の階段を二階へと上った。再びだっ広い空間が広がっている。ワンフロアに部屋がふたつ。

一つ目のドアを開けると中はトレーニングルームだった。象が寝そべるようなエクササイズ台があり、バーベルに鉄アレイがある。横にはサイクルマシン。どれも頑丈一点張りと表現できるいかつさだ。

隣のドアを開いた。ここが寝室らしい。やけにがらんとしている。クローゼットは特大だが、衣類はそれほどない。主に中を占めているのは浴衣だった。関取にとって普段着はこれですむのだろう。

アメリの検死にもあったが、日高山関の皮下脂肪はかなりのものだ。冬の寒さの対策は必要ではなかったのだろう。

室内にあるのは、あとは通常のデスク。収納スペース。壁際にベッドがある。むろんベッドも特大だが、いずれも特異な点はサイズだけだった。

「それで？」

大黒の質問に数之がこたえた。

「金属粉を浴びたのはここじゃないな。どこにも見当たらない。キラキラもチカチカもしてないぞ」

数之の推定が正しいならば、痕跡は目に入るはずだ。しかし今までざっと調べてもそれらしい粉末は見当たらなかった。

「金属粉が室内で発生するとしたらＤＩＹでもしてなきゃいかんが、それらしい道具も材料もないな。趣味で鉄道模型を作っていたとか、金属を使った工芸やオブジェの制作に凝ってた様子でもないな」

数之の言葉は正しい。日高山関は相撲取りで立体アートの美術家ではない。それに寝室をアトリエにしたとも思えない。趣味は馬だ。電動ノコギリやカッター、サンダーがあるとしたら屋外のどこかだろう。

「日高山関はどんな人間だったと思う？」

大黒は二人に尋ねた。

「グリーンジャイアントのモデルだな」

「大きいけど勤勉だったみたい」

アメリがベッドサイドを指さして告げた。作りつけの棚に目覚まし時計がふたつ置かれていた。大黒はそれを指先で操作した。起床時間の設定はいずれも午前六時半になっている。必ずその時間に起床するためだろう。

「相撲取りは早起きなんだな」

数之が再び感想を述べた。寝室のテーブルに地図帳が置かれていた。付箋（ふせん）がついている。そのページを開くと幹線道路の略図に自宅からどこかへの経路がマーカーでなぞられている。

「まっすぐ南下してるな」

数之が道順を確かめた。

「日高山はどこの部屋だ」

「ほほい。丸子部屋じゃ。町田だよ。まっすぐ南にくだった方だわ」

　振り返ると森田がたたずんでいた。いつの間にきたのか、なにかを咀嚼している。

「爺さん、なにを食べてるんだ？」

「肉まんじゃ」

「肉まん？　この暑いのによく手が出たな。あんた、冷蔵庫の物に手を付けるなよ。一応、遺留品だ」

　日高山関はどこでアルミニウム粉と酸化鉄を全身に浴びたのか。問題の核心はまだ解けていない。

「部屋へ向かおう」

「大黒、すると関取は今日、部屋にいたってことか」

「今日は平日だ。おそらく稽古だろう。そこに車のキーがある」

　大黒はテーブルにあったキーを指さした。

「なるほど。自分で運転してか。ここからなら一時間ほどだが、馬を飼うためには早起きもなんのそのか」

　大黒はアメリと数之をともなって外へ出た。馬小屋に視線をやる。その横は屋外ガレージらしい。屋根の下に大きなバンが駐車されていた。隣に馬を運搬するトレーラーもある。だが室内で推測したようなアトリエや作業場らしき場所は見当たらない。数之がつぶやいた。

「大黒、馬はお前がなんとかしろよ」

「連絡はいただいてます」

町田の丸子部屋で元大関の玉之岩（たまのいわ）こと丸子親方が沈鬱な面持ちで答えた。

大黒とアメリ、数之が日高山の家を出たのは一時間ほど前。車で幹線道路を南下し、着いたのは五時近い。

丸子部屋の周りでは報道関係者が顔を揃（そろ）えていた。すでに事件は世間に伝わっているのだろう。車中でも後部座席のアメリが携帯端末をチェックし、報道がなされていると告げてきた。

おそらく一報はプールに詰めかけていた記者たちだ。ただし内容は日高山が事故死したとだけで詳しい話はまだだ。確かに事件か事故か判明していないだけに記者会見も開けない。それだけに続報のための情報を期待しているのだ。

大黒は相撲部屋を見るのは初めてだったが、コンクリート造りの小振りのビルで表に看板が掲げられている。所轄の警官も内外に配置され、鑑識も含めた人間でごった返していた。

「酸化アルミが検出されたってよ。浴びたのはアルミニウムだ」

部屋に入る前に数之が本部の鑑識の報告を携帯でチェックした。雑然とした様子を横目に見ながら大黒は玄関口で親方との面会を申し出たのだった。

「ごっつぁんです」

近くにいた力士に大黒たちが案内されたのは一階の稽古場だ。テレビやスポーツ新聞で見るような板壁と土間で、第一声を発した丸子親方は一段高い板の間にあぐらを掻いている。浴衣姿の力士たち十人ほどが段ボール箱をいくつも抱えると外へ運び出していく。巨体の割りに動きが俊敏だ。警察の調べに稽古場でスペースを作るようにいいつけられたのだろう。一応の鑑識捜査は終えているらしい。

「警視庁の大黒といいます」

親方に挨拶すると大黒は数之に告げた。

「金属粉の調べを頼む」

数之はそばにいた所轄の鑑識員をともない、稽古場を出ていった。可能性のある場所を潰していき、最後にここに戻ってくるつもりなのだ。

「日高山がプールで死んだと聞きましたが本当なんですか。一体なにがあったのですか」

親方が暗い声で尋ねてきた。口調がたどたどしい。詳細は聞き及んでいないらしい。それだけに、まだ事実を受け入れられないのだろう。

「それを調べにきたんです」

「すると本当なんですね。なんてことだ。五郎が死んだなんて」

「五郎？　もしかして日高山の本名は」

すすり泣きを始めた親方に大黒は確かめた。

「くうう、前田五郎でごわす」

「また？　なんだかこの頃、前田五郎のバーゲンセール中みたい。今ならもう一人ついてくるかも」

アメリは前田の名前に食傷気味なのだろう。デパートの店頭で販売している万能調理器具のように揶揄した。

「今日の午後、関取は馬をプールに連れてきてました。そこで事件があったんです」

「くうう、ハヤテ号でごんすか。可愛がってた馬だ。確かに今日はトレーニングさせられると喜んでおった」

頬を伝う涙をぬぐうと親方は決然とした面持ちになった。覚悟ができたらしい。一息吐くと口調が平常に戻った。

「あいつはちょっと変わった奴だったんです。生まれ育った場所が場所だけに、生来の自然児とでもいうのか、なにごとにも頓着しない性格で」

確かに自然児といえるだろう。なにしろ郊外とはいえ、東京で馬と生活しようというのだから。しかしあの巨体が馬に乗っている姿は野生の王国さながらだろう。遠目なら牛が馬に乗っているかに見えたはずだ。

「ですが、その分、愛嬌があって人気もひとしおでした。とんとん拍子に出世して関取になったんですが、外出が自由になると、ときどき休みにどこかへ姿を消すんですよ」

「とんとん拍子ね。ワルツでもツービートでもないんだ」

アメリが茶々を入れるが親方は日高山の死を受け入れられたようだ。沈んだ声で思い出話のように語り始める。

「すると家を建てるまではここで生活していたんですね」

「ええ、力士の世界はとても厳しいんです。勝手な振る舞いは厳禁です。ですが男であることには変わりない。それでわしはこっちの方だなと思ってたんです」

丸子親方が小指を立てた。所轄の報告では日高山は二十八歳。独身だけに色恋沙汰があっても不思議でない年齢だ。

「大黒、聞いた？　わしだって。相撲取りは本当にわしっていうんだ。人称代名詞だけど、ほとんど固有名詞だよね。一人称の名人ジェーン・オースティンもびっくりだわ」

「親方、気にせずに続けてください」

アメリの揶揄が理解できていなかったのか、親方は小さくうなずいた。

「力士は報道関係にいつもマークされてましてね。中にはスキャンダルを鵜の目鷹の目で狙ってるのもいます。変な噂（うわさ）を立てられちゃ人気に傷が付くので、できるだけ慎重に行動するように釘（くぎ）を刺していたんですが、まさか馬を可愛がってたとは、わしも最近まで知りませんでした」

「すると引っ越しするまでハヤテ号のことは、なにも漏らしていなかったのですか」

「ええ、日高山が引っ越したのは先月。どうしても一人暮らしがしたいといいまして。十両になると部屋から出て生活してもいいのが習わしです。日高山は昨年、関脇になったので家を建てるのは構わない。金にもきちんとしていて新居の分も用意できていた。それに相撲には馬鹿が付くほど真面目（まじめ）です。だから引っ越してからも一時間ほどかけて車でここに通ってました。付き人には運転させずに。まあ、かなり遠いですから、付き人も大変ですしね」

「理由は馬だったんですね」

「なんでもっと近くに引っ越さないのかと思ってましたが、馬とはね。自然児そのものです」

親方は朴訥（ぼくとつ）な口調で話し、溜息を吐くと尋ね返してきた。

「日高山はプールで死んだんですよね。あいつ、かなづちだったかな」

「いえ、溺死ではないのです。ちょっと変わった様子で。後ほど説明します。質問ですが日高山関は今日、部屋に顔を出していたんですよね」

「ええ、朝から稽古がありますから」

「どんな風だったのですか」

「どんな風といっても、いつも通りでした。相撲部屋の一日は若い衆なら五時起きで土俵の掃除やちゃんこの準備。稽古は朝七時過ぎからで十時の半ばには終わります。それから力士は風呂とちゃんこ。めしは日に二度、夕食は六時頃です」

「食事は二度とも、ちゃんこですか。この人数だとかなりの量になるんでしょうね」

「ちゃんこといっても鍋だけじゃないです。米もいろんなおかずも食べます。うちには大型冷蔵庫が四つ。電子レンジも六つあります。みんなで一斉にめしとなると、それぐらい必要でして」

「そうですか。それで日高山関のキッチンも冷蔵庫やレンジが多かったのか」

丸子親方が淋しそうに笑った。石像が相好を崩したようで昔話のワンシーンを思わせる朴訥さだ。

「よその部屋の奴らにはうらやましがられてます。うちの伝統でしてね。ちゃんこの準備は大変なんです。それでわしは工夫することにしました。温かいものは温かく、ただしできるだけ調理の手間を省く。稽古にエネルギーを注げるように調理器具の助けを借りるんです。素材を冷凍したり、レンジの力を借りても最新の技術では味は変わりませんよ」

「料理が得意なんですね」

「うまいちゃんこをたっぷり喰わせてやる。明日への活力です。もっとも関取になると晩飯はタニマチやなにやら、贔屓筋との会食がほとんどです。人気商売ですし。日高山は今晩も予定がありました」

森田がプールサイドで力士は忙しいと言及していたのは、今のような顛末らしい。馬のトレーニングに励んでいたことやタニマチとの会食を告げていた様子から自殺の線は外していいだろう。やはり、事故の線が濃厚に思える。だが問題は自宅以外のどこで全身に金属粉を浴びるような特殊な状態が起こるのかだ。

「すると日高山関は今日の稽古を終えて食事を摂ると自宅へ引き揚げたんですね。途中にどこかに寄るとかいってませんでしたか、なにか変わったことに気づきませんでしたか」

「いえ、いつも通りです。いつも通り、ちゃんこを食べてすぐに帰りました。一時頃には家に着いたはずです。夜の会食以外、寄るところはないと、ちゃんこのときにも話してましたから。ニンニクたっぷりの鶏鍋をたらふく喰って、それで相変わらず風呂には入らずに帰っていきました」

「相変わらず風呂に入らない？」

「まるで象かイボイノシシだわ。泥浴びしてもお風呂には入らないのね」

「気にせず続けてください」

「ええと、あいつはとにかく風呂嫌いでしてね。稽古じゃ、汗と土俵の土だらけになるのに体を洗わないんですよ。強く言い聞かせるまでは何週間もほったらかしで」

「ということはかなり臭うんじゃないですか」

「ええ、離れていてもかなりの悪臭です。一人暮らしを了承したのは、ある意味、周りのことを考えてでもあったんです。あいつは愛嬌も性格もいいが、風呂嫌いが玉に瑕(きず)です。験(げん)を担いでいるとか言い訳してましたが、本当は子供みたいに風呂が嫌いなだけだったんです。クサヤ関取なんて他の部屋の人間から悪口をいわれてましたよ。タニマチはそんなあいつをドロンコ関なんて呼んで喜ぶもんだから、本人も気にかけていなかった。まったくの自然児ですよね。部屋にきた頃は爪を切るのも面倒くさがり、床屋に行くのが嫌いで、チョンマゲで済むから力士になったなんていってました。くうう、今となっちゃ、あの臭いを二度と嗅げんと思うと断腸の思いでごわす」

　親方の語尾が再び涙じみてきた。どことなく西郷隆盛(さいごうたかもり)みたいだ。故人をしのんでいるのに悪いが、アメリがいっていた悪臭の原因が今の話で解明した。日高山の風呂嫌いは角界では有名だったようだ。大黒の頭にもやもやした思いが湧いた。

「大黒、ざっと調べたが、それらしいものはどこにもなかったぜ。キラキラもピカピカもゼロだ。残りはここだけ。もしかするとバチカンに電話できるかもしれないぞ」

数之が稽古場に戻ってくると告げた。声がどことなく明るくなっている。大黒は脳裏のもやもやをはっきりさせるために、稽古場を見つめた。

「日高山関は稽古と食事をして帰ったんですね。部屋で立ち寄ったのはここと食事を摂った部屋だけですか」

「ええ、二階とここだけでごわす」

大黒の視線の先、稽古場の中央に土俵が設けられている。なにかのまじないか、そこに御幣を飾った竹の棒が突き立てられていた。横手に力士が十人ほど手持ち無沙汰そうにたたずんでいる。

警察に協力するように親方に言いつけられているのだろう。殊勝な素振りだが部屋の関取が死亡したというのに誰もが眠そうにあくびをかみ殺している。

「こらっ。しゃんとせんか」

「ごっつぁんです」

親方の一喝が飛んだ。

「失礼しました。あいつらはちょっと前まで昼寝をしていたもので。力士は稽古とちゃんこ、それに眠ることが商売でして」

「健康的な一日ですね。日高山関もそうだったんですか」

「大抵、九時には夢の中でしょう。あいつは本当によく眠った。タニマチとの席でも船をこぐのはいつものことで」

親方は鼻をすすった。場所が始まれば朝から相撲があり、取組は放送に合わせて六時には終わる。中継の関係で日頃から一日のスケジュールは今聞いたようなのだろう。

「あの棒は？」

「ああ、あれはお清めです。幕下が稽古に使った土俵を掃除して突き固め、御幣を立てて清めの塩を撒きます。相撲は神事ですから」

「すると今日の土俵の表面はすでに掃除されているのですか」

「ええ、それがなにか？」

大黒は答えずに数之とアメリを見た。脳裏のもやもやは、かなり克明になっていた。考えてみれば日高山もここにいる力士たちのように浴衣姿だったのだろう。

つまりその下は廻し一丁ということだ。金属粉を体に浴びても不思議ではない。だがそれが稽古中のことだとしても、すでに土俵はきれいにされている。

「数之、出るかな」

「どうかな。少しもキラキラしてない。清められたなら相手は粉末だ。表面から簡単に除去できる。難しいな」

「土俵の土は特別なものなのですか」

「いえ、特には。粘りがある粘土質混じりで国技館の物と同じです。我孫子市辺りの土です。昔は荒木田の壁土、今の町屋辺りのが重宝されてましたが最近は開発が進んで荒川沿いでは採れないんです」

「壁土や粘土質なら特別じゃないいな。例の物が混じっている可能性は低いぜ。となるとここでクサヤを焼く用意をしたとしても別の方法だな」

「掃除した土俵の土はどこにあるんですか」

「さて、外に出しておいたはずですが、今日は特殊なゴミの回収日でしたから清掃車が持っていったんじゃないですか」

親方が確認するように力士の方に視線をやる。

「ごっつぁんです」

中の一人が肯定した。鑑識による捜査は無理なようだ。

「稽古はどんな様子だったんですか」

「それはもう土と汗にまみれる肉のぶつけ合いです。転んでも転んでもぶつかり合いを繰り返し、七転び八起きを続けますよ。お互いどろどろになり、声が出なくなります。いわば肉体言語と化すようなもので」

「大黒、今の親方の表現はおかしいぞ。一度転んだ場合、一度しか起きあがれない。七回転べば起きあがるのは七回だ。七転び八起きは不可能だ」

数之が小声で茶々を入れる。大黒は無視して質問を重ねた。

「今日の稽古中の様子をもう少し詳しく聞かせていただけますか」

「はあ、様子ですか。といわれても、わしらは口べたなもんで、実演した方が説明しやすいですかね。ちょっとやってみましょうか。おい、稽古をお見せするぞ」

親方は土俵際に待機していた力士の一人に指示した。力士は一連のやり取りを聞いていたのか、さっと浴衣を脱ぐ。下は廻し一丁の姿だ。

「それで日高山の役となると誰がいいですかね。あいつと体格が同じくらいの者はなかなかいませんが、誰でもいいですか」

「大黒、推理よりも実践だな」

「そうよ。大事な捜査だわ」

数之とアメリが間髪入れずに言葉を発した。

「残された場所はここだけなんだ。どうしても確かめておかないといけないぜ」

「どうやってだ」

「決まってるわ」

「それ以外を頼む」

アメリの言葉は端的だ。つまり捨て石が必要だということ。おそらく実験台にさせられるのだろう。大黒の脳裏のもやもやは霧散し、厄介な展開への心配が黒雲のように広がった。雷鳴が聞こえる。嵐は近い。

確かに誰かが日高山の全身に金属粉を浴びせたとしたら、廻し一丁の状態である稽古中が最有力だ。となると、この部屋の人間が怪しいことになる。だがそれを自身が実践するには筋肉も脂肪も不十分だ。今すぐ肥るわけにもいかない。

「大黒、アメリは女だ。廻し一丁の姿は若い衆には毒だ」

「わたしはいいけど。一度、本当の力士と勝負をしてみたかったから。ただ勝っちゃうと実験にならないのよね」

アメリは大学時代、キックボクシング部に所属していた。男子選手にも負けなかった猛者だ。

「それに俺は残された鑑識捜査がある」

「まさか、最後に火を付けるつもりじゃないだろうな」

「おっと、それは考えてなかったが。そうか、つまり、やってもいいってことか」

「自分から申し出るなんて大黒も殊勝ね。稽古後が楽しみだわ」

「そうと決まれば親方、お願いしますぜ。こいつは刑事の癖に引っ込み思案で。でも昔から相撲に憧れてたんです。いい機会じゃないか、大黒。遠慮するな」

数之が口から出任せをいった。沈鬱そうだった丸子親方が微笑んだ。朴訥さが痛いほど伝わる。

「日高山のために体を張ってくれる心意気。ごっつぁんでごわす。弔いも兼ねて、しっかり調べてくだしゃんせえ。大丈夫ですよ。手加減しますから。おおい、廻しをつけてさしあげろ」

「ちょっと待て。別に方法があるはずだ」

事情を理解したように親方は相手役の力士にうなずいた。朴訥さが裏目に出ている。親方の指示は絶対らしい。力士らには大黒の抵抗など赤子の手をひねるようなものだった。肉と脂肪に囲まれると稽古場の奥へと連れていかれる。

抵抗しているつもりだった。しかし力士たちの力は半端ではなかった。手加減しているつもりだろうが、普通の度合いが分からないのか、体が少しも動かない。奥であっという間に服を脱がされると廻しをつけられ、土俵に引っ張りだされた。

「似合うじゃないの。大黒福助だから大福山とでもする？」

「いや、オリンポス山がいいな。親方、それじゃ、しっかり揉んでやってください。大切な捜査の一環です」

大黒を見てアメリと数之が嬉しそうに声を上げている。若い力士が土俵の横に塩が入ったザルを置いた。

「刑事さんを日高山にして、今日の稽古を再現します。まずがっぷり四つで、がぶり寄り」

準備運動もなしに親方の声が飛んだ。相手役の力士がぱっと塩を撒いたと思うと大黒の体に組み付いてくる。がつんと体が振動した。

車がぶつかったような衝撃に続いて関節のどこかが鈍い音を立てた。力ずくで腰を上下にゆすられ、なす術もなく、突風に襲われて呑み込まれた木の葉のように土俵際に押しきられた。四肢が奇妙に歪んでいる。

「次はたすき反りです。あんこ型の日高山は押し出すのが難しいから反り技や掛け技でよく攻められました」

親方の言葉に続いて四つに組んでいた相手が大黒の腹に体を入れると足に腕がかけられ、そのまま引き上げられてひっくり返される。ふわりとした感覚の後は落下の衝撃だった。がつんときて一瞬、意識が遠のく。大黒は土俵の上に仰向けになっていた。背中をしたたかに打った。痺れが手足の先まで広がる。

「やぐら投げと播磨投げを」

肩を摑まれて引き上げられた途端、再び組み付かれた大黒は抱え上げられると投げ出され、引っ張り上げられると片足を摑まれて放り出される。呼吸ができない。手足がちぎれたに違いない。腰がふらふらし、平衡感覚がおかしい。

「ずぶねり、とったり、送り投げ」

まるで親方は相撲の決め手を紹介するように技の数々を口にした。声に合わせて大黒は操り人形のように、投げられ、倒され、ひっくり返され、空を飛び、地を這い、体がもみくちゃにされていく。待ったの声さえ出ない。ただ自身の意識を保つのが精一杯だ。まだ数分しか経っていないというのに全身が汗にまみれて光り始めた。

「最後は後ろもたれ」

親方の言葉に組み付いた相手がくるりと体をかわして背中を大黒の正面にくっつけた。そのまま自身の体重をいっぱいに預けてくる。否応なく、体が真後ろに倒れていく。人間ピサの斜塔だ。

ぎゅうと声ではなく、体が音を立てた。大黒は力士と土俵の土とにサンドイッチにされた。アメリカ漫画ならぺらぺらの紙のように平たくなるところだが、あながち誇張された表現ではない。大黒は頭部に光輪を感じていた。

「大黒、確かに全身が土まみれだぞ。最後の後ろもたれってのは自分の背中を相手の前面にべったりだ。まるでプロレスの技だな。この決め手でお互いに土まみれなら十分に全身がクサヤの準備になる。これで火が付いたらプールで、ああなって不思議じゃないぞ」

嬉しそうに数之が告げた。土俵につっぷしたままの大黒は腹も背中も茶色一色の泥人形といっていい。あるいは泥浴びしたカバか。立ち上がるのもままならなかった。星がチカチカして女神の笑顔が脳裏に浮かんでいる。

「ふふん。後ろもたれね？　最後のはちょっと変わった技だわ。日高山はいつも今の技をかわす練習してたの？」

　起きあがらない大黒を無視してアメリが親方に尋ねた。

「いえ、最後のは特別です。今日の出稽古で出た技ですよ」

「で、げ、い、こ、で、す、か」

　体がばらばらになったような痺れを覚えながら親方の言葉に大黒はなんとか顔を上げて尋ね返した。

「ええ。大関の宮古（みやこ）関が予定していた出稽古に途中できましてね。来場所も日高山との対戦が控えてますから、向こうも必死なんでしょう。奇妙な技を繰り返してました。なんとか勝機が摑めないか、探りたかったんだと思います」

　半身を起こした大黒は再び尋ねた。

「み、や、こ、ぜ、き、で、す、か」

「はい。向こうは先場所も負け越し、今度の場所もあんまり振るわないでしょう。いわゆる角番（かどばん）です。下手をすると大関から転落です。下へ落ちると這い上がるのは並大抵ではないですから必死なんですよ」

　そこで親方は苦い顔をした。

「宮古には悪い癖があるようでしてね。もっぱらの噂ですが好きな博打（ばくち）の借金で首が回らないとか。よくないのと付き合ってるらしくて、相撲で金を稼がないと首が飛ぶらしいですよ。今日もちゃんこを食べながら、しきりと携帯電話をいじってました。おそらくノミ競馬の結果でも確認していたのでしょう」

土俵に座り込んだかたちで大黒は、体の痛みと痺れは別として脳裏のもやもやがすっきりと消えるのを感じていた。

「それでなにか、摑めましたか」

声を発せない大黒に親方が質問を続けた。

「プールで死ぬとなると、日高山はやはり変な事故にやられたんでしょうか？」

「親方、実は焼死なんだよ。プールでな」

初めて事情を説明した数之の言葉に驚くかと思ったが親方は、なにかを思い出したように顔をしかめた。

「とうとう悪運に摑まったか」

「うん？　親方さんよ。というとなにか心当たりがあるみたいだな」

声が出ない大黒に代わって数之が聞き込みを始める。

「日高山はここのところ、立て続けに危ない目に遭ってたんです。でも今まで、なんともなかった。だから運がいい。でも頻繁だから運が悪いともいえる。またなにかあるんじゃないかと心配してたんですが」

「そうかい。立て続けにね」

「ええ、こないだは道路を歩いていてビルから看板が頭に落ちてきたといってました」

「無事だったのか」

「少し血が出た程度だから唾をつけて済ませたとか。でも普通の人間なら大怪我でしょう。なにしろ何キロもある金属製でしたから。バナナの皮で滑って腹に刃物が刺さったこともありました」

「今どき、バナナの皮にか」

「日高山がいつも通る夜道に、ご自由にどうぞと貼り紙があって、いくつもバナナが並んでいたそうです。普通なら警戒するでしょうが、なにしろ日高山です。嬉々として手を伸ばした。そしたら手前に捨ててあった皮でひっくり返りましてね。すると地面に包丁が」

「まるで猿だな。しかし、地面に刃物が突き出ていたとは、えらく都合がいいんだな」

「ですが刃物の方がぽっきり折れました。奴はとにかく最近では滅多にいないほどのあんこ型です。少々の刃物ではなんともない」

「象並みの皮膚ね。脂肪が厚いだけじゃなく、固太りなのね」

　アメリが納得したようにつぶやいた。

「他にもロープに首が絡まったこともありましたが、ロープの方が切れましてね。これは後から聞いた話で、事前にしっていていたら止めてました。大事に至らずによかったですよ。運がいいのか、悪いのか」

「運の善し悪（あ）しというより、頭の善し悪しじゃないのか。なんでロープが首に絡まるなんて事態が起こったんだ」

「誰から聞いたのか、比叡山（ひえいざん）の密教修行だとか。喉輪の特訓にはロープで自身の首を鍛えるのが効果的だといって日高山が試したんです。ちょうど首を括（くく）るように高いところにロープをひっかけて、その輪に首をかける」

「間違ってロープの輪が締まったらどうするんだ」

「なんでも特別な結び方があるから大丈夫だとかいってました。だけど試してみたらロープの方がもたずに終わった。聞けばそうとう太い物だったみたいですが、笑い話みたいに打ち明けてましたよ」

　数之はそこまで聞いて大黒に視線を投げている。話はよく理解できた。大黒は先ほどの力士たちの様子を思い出し、なんとか質問を口にした。

「さ、さっき、運んでいた段ボール箱は？」

「ああ、宮古関の差し入れですよ。現金と一緒に持ってきました。肉まんが十五箱ほどでしたか。なんでもタニマチの一人が食品の卸（おろし）だそうで。夏場は余り気味だからもらったっていってましたね。わしらには暑さ寒さは関係ありません。日高山にも何箱か持たせましたよ。夜食には最適ですからね」

「立てよ、夏場の肉まんだとさ」

　大黒はなんとか立ち上がった。

「もう理解してるよな」

　数之の言葉に大黒は手を上げると呼吸を整えるのを待つように合図した。そしてやっと聞き込みを再開した。

「け、稽古の時にはいつも塩を使うのですか」

「ええ。人によりますけれど。そういえば今日の宮古関は特に塩を使ってましたね。付き人に持たせたのを土俵に撒くだけじゃなく体にもぱんぱんとはたき込んでましたよ」

「宮古関ですが、なにか新しい趣味を始めたとか、そんな話をしてませんか」

「ああ、よく分かりましたね。昼のちゃんこの時でしたが、陶芸を始めたといってました。先場所から近所の教室に通ってるとか。無心になるための修行だそうです。陶芸は禅の精神に通じるとかなんとか。あいつはインテリです。大学相撲の出身でして、考えることが高尚なんですかね」

「大学の学部は」

「工学部だったかな」

「携帯を貸してくれ」

　大黒の言葉に数之は、にやつきながら端末を渡してきた。大黒は勝手知ったる番号をプッシュした。

「森田さん、さっき食べていた肉まんはどこで手に入れたのですか」

のんびりした声が端末の向こうで返答してくる。

「キッチンだよ。一番下の電子レンジの中に入ってた」

「そのレンジで温めて食べたのですか」

「いや、取り出して上のでチンしたよ。低くて使いづらいからの」

「すると一番下のはいじってませんね」

森田の肯定を聞いて大黒は改めて日高山の家にいる所轄にかけ直すと指示を与えた。森田のいった一番下の電子レンジの確認だ。応答を聞いていたアメリと数之が言葉を待っている。

「親方、日高山関の通夜は明晩、自宅でだと角界にアナウンスしてもらえますか。ただし、今夜から準備をしているので焼香にきていただいてもかまわないと」

「ええと、日高山の遺体がまだ戻ってません。検死があるとかで。通夜はもう少し先でないと」

「いいえ、遺体なしの通夜です。つまり本当の通夜じゃない」

一連の情報で大黒は推理を固めていた。そしてトラップを仕掛けることにした。

「今晩、できるだけ大勢が集まるように声をかけてください。それと内密に伝達して欲しい情報があります」

大黒はその内容を説明した。脳裏にある推理が正しければ関係者の協力が必要になる。

「服を着てきなさいよ」

大黒にプールサイドと同じ言葉がアメリから放たれた。数之も続けた。

「話が終わったみたいだな。よかったじゃないか、火を付けられなくて」

「ちぇっ、花火になる大黒を見物したかったのに。残念だわ」

午後九時。八月の太陽は執念深い。七時前には沈んだはずが、嫌がらせのように余熱を蓄えた風で辺りを蒸し返している。

喪服姿の人間が行列となって田舎道を歩いてくる。いずれも大仏が黒い紋付き袴を着たようで荘厳な光景だ。仮通夜に出る角界の親方や関係者たちだった。作戦を考えた大黒が丸子親方にアナウンスさせた時刻だった。

すでに日高山関の自宅は浴衣姿の力士たちによって大きな家具類がガレージやら家の裏に運び出され、会場の準備が整っていた。同門の部屋の先輩格の姿もあり、まるで象の集会だ。人数が多いこともあるが、巨漢ばかりで圧迫感がある。

受付は玄関の垣根の前に設けられ、少し離れて捜査一課の私服刑事が待機している。大黒は玄関先から来訪者を見定めながら目的の人物を待った。推理が正しければ必ずくるはずだ。相手の顔写真はスポーツ新聞の記事で確認してある。

　大黒は視線をやった。行列をなして向かってくる大仏たちの中に奇妙な人影がひとつあった。

　肩を落とし、きょろきょろと周囲をうかがう素振りを見せ、列から外れたかと思うと、また歩き始める。ゼンマイが切れかかった玩具のロボットのようで、一目で相手の思いが把握できた。本当は来たくないのだ。できればきびすを返して帰りたいのだ。

「数之、宮古関だ」

　大黒は横に控えていた数之に告げた。

「図体がでかい癖に小心な野郎だな。とても人殺しとは思えないぜ」

　同行を強く主張してついてきたアメリは、捕り物までまだ時間があるために暇つぶしにいくといって馬小屋だ。

「大黒、始まる前にお前の推理を説明してくれよ」

「今回の事件は工学的なプランとその失敗にあった。失敗の原因は馬だ」

「日高山が馬を飼っていてプールにトレーニングにいくとはしらなかったんだな」

「だから水中で人体発火というオカルトじみた現象が起こった」

「残念だな。バチカンへの電話はまた次回に回すことになっちまった。だが奴がテルミット反応に目を付けたのはなかなかだ。力士は廻し一丁の裸でいることが多い。稽古のときの塩に金属粉を混ぜておけば多少キラキラしても分からないからな。まんべんなく全身に付着させるのにはもってこいだ。一般人ならチクチクするだろうが日高山は皮膚が厚いから気にならなかったんだな」

「丸子部屋の調理器具の充実ぶりは有名だったと聞いた。だからレンジを使った今回の計画を立てた。親方がいっていた一連の事故も奴が仕組んだことだろう。だがどれも失敗に終わった」

「残された手段が焼死させることだったんだな。撲殺も刺殺も絞殺もきかないんだから」

「毒殺する手もあったかもしれない。しかしそれでは証拠が残る。専門家でなければ難しいだろう」

「決行を今日にしたのは日高山が夜にタニマチとの会食があるとしってたからなんだな。たらふくご馳走(ちそう)になれば夜食を口にしないだろうから、レンジには手を触れないと踏んだんだろ？　念のために一番下のを選んだのもだ」

「そうだ。自分も力士だ。タニマチに食事に招かれれば、どれだけ飯を喰わせてくれるかはしってる」

「それで満腹して帰ってきた日高山がぐっすり眠った頃に焼死させる計画か」

「稽古が終わってから会食までの時間、昼から夕方に実行してもいい。相撲取りなら昼寝をしてる時間だ。だが昼寝じゃ、熟睡とまではいかないだろうから確実じゃない。それに火災が発生すると、昼間じゃ、この田舎でもすぐ人目につく。消防に通報されて消火に至ることも考慮したんだろう」

「それで奴は朝、日高山が車で家を出るのを見計らって侵入して工作に及んだんだな。玄関がピッキングされてたから、そんな顚末なわけか。会食に出ている夜でも仕掛けることが可能なのに朝を選んだってことは、奴は田舎の夜道が恐いのか？」

「そこは逮捕後に問いただそう。なにか理由があったんだろうが、俺にもはっきりとした確証はない」

「奴が陶芸を始めたのは先場所、負け越しが決まってからだろうな。その頃に計画を実行する決心をしたんだろ？　陶芸の釉薬に使われる『べんがら』を入手するために。それで酸化鉄は用意できる。問題のアルミニウム粉末はどうしたのかと思ったが、大黒の指示で押さえることができた」

「陶芸ではアルミニウムは使わないから買い求めれば怪しまれるが、あの方法なら不自然じゃない。だが相撲取りの一日があだになった」

「そうだな。本場所がある間はテレビ中継の都合で夕方六時頃までは体が空かないからな」

数之と話している間に弔問客は日高山の自宅へと上がり始めた。一階の居間に簡素な祭壇がしつらえられ、遺影が飾られている。だが棺の蓋は閉じられていた。

玄関には漫画でも誇張しないほどのどでかい雪駄が並び、部屋の力士が下足番をしている。居間は焼香を待つ角界関係者でいっぱいで、脂肪と筋肉のすし詰めのような有り様になってきた。

故人を偲ぶ会話は居間でも外でもぼそぼそと続いている。大黒も居間に入ると予定していたキッチン近くに陣取った。ほどなく宮古関が現れ、居並ぶ力士をかき分けて仏前に進んだ。祭壇に手を合わせると焼香を終えて、下がろうとする。

だが力士の集団がその動きを難しくしていた。肉と肉とで隙間がない。満員電車のような状態で身動きできないほどだ。それでも宮古関は、なんとかキッチン近くに移動してきた。

時刻は午後十時。生前の日高山ならぐっすりと夢の国にいる時間だ。大黒と数之、いつの間にか居間に現れたアメリが事の成り行きを待った。背伸びして見ると隅に森田の姿もある。

カチリ、ウイイン。居間の奥、キッチンの方で機械的な作動音がした。照明が灯されておらず、暗い。だが床に近い下の方で、走馬燈のような淡い光が流れている。まるで日高山関を冥土に案内するように。

「今夜はお忙しい中、日高山の仮通夜にお集まりいただき、ありがとうございます」

列席者が焼香を済ませたことを確認した丸子親方が挨拶を始めた。

「思わぬ事故で日高山が世を去ったのは痛恨の極みですが、これも天命であったとあきらめるしかありません」

丸子親方の挨拶は続いている。キッチンへと宮古関が動こうとした。だが肉の壁に阻まれて身動きができずにカウンターの裏へ回れない。

「思えば日高山は生まれもっての自然児ともいえる奴で、部屋にきた頃は人の姿をした態ではないかと思ったほどです」

すでに挨拶は五分ほどになろうとしている。相撲取りの海をかき分けるように宮古関が四肢を動かす。だが移動ははかどらない。

「それに皆様も御承知の通り、日高山の風呂嫌いはギネスに申請したいほどでありました。あの悪臭は取組相手にとっては決め技のひとつといえたかもしれません」

丸子親方は感極まったように言葉を止めた。居間はしわぶきひとつなく、静寂に包まれている。

「ええと。なにか動いてますよ。電子レンジだな。まだ動いてる。止めないと。ここはゴミがいっぱいです。火事になるとまずいですよ」

独り言のように宮古関が口にすると動こうとした。しかし誰も反応しない。肉の壁は依然として要塞となっている。さらに五分近くが経過した。

「わずかな時間ではありましたが、愛馬とともに過ごせたことは日高山にとって、なによりの喜びだったことでしょう」

「レンジを止めろ。爆発する」

宮古関が叫び、わずかな肉の隙間をかいくぐってキッチンに飛び込んだ。あわててしゃがみ込む姿に大黒が声をかけた。

「なにが爆発するんですか」

「肉まんだ」

「皆さん、聞きましたね。見ましたね」

「ごっつぁんです」

大黒の声に居間に立ち並び、城壁のように動きを阻んでいた力士たちがうなずいた。すべては丸子親方を通じて弔問客に伝えていた行動だった。宮古関だけを除いて。

「宮古関。なぜあなたがレンジの中に入っているものをしっているんですか」

逃げだそうと立ち上がった宮古関の動きを居並ぶ肉の塊がいっせいに塞いだ。居間に配置されていた私服刑事たちが手錠をはめる必要はなかった。

「火事を恐れたのは動かぬ証拠です。でも大丈夫ですよ。中になにが入ってるか」

大黒はキッチンに向かうと一番下の電子レンジを指さした。私服刑事の懐中電灯が注がれる。音を立てて稼動しているレンジが浮かび上がった。だがレンジの中身は肉まんではない。ドアの裏側に肉まんを模した紙を貼っただけ——。

「ほら、中は空です」

しゃがみ込んだ大黒がタイマーを切ろうとしたとき、爆音が響くとレンジが火を噴いた。

「がが、ぐぐ」

燃えている中身が大黒の顔面を直撃していた。大黒は思わずその場にひっくり返った。

「あら、びっくり。レンジって本当に肉まんで爆発するのね」

アメリがはしゃいだ声を上げた。

「お姐ちゃん、だから実験するのを止めたんじゃ」

隣で森田があきれたようにつぶやいている。

「平気よ。どうせ火傷程度だから」


連行されたその晩の内に警視庁の取調室で宮古関の聴取が行われた。大黒と数之、アメリはマジックミラー越しにその様子を見つめていた。大黒の顔面には何枚も絆創膏が貼られている。

聴取を行うのは捜査一課の刑事。大黒らサーカスの面々は変死体に事件性があるか追及し終えた時点でお役御免だ。ただ聴取に立ち会うのは大黒のひらめきと推理が正しいか、確認が必要なのだ。

そもそもの宮古関の計画は火事を装ったテルミット反応による殺害だった。そのアイデアの核心は、肉まん。

肉まんを電子レンジで長時間温め続けていると、やがて炭化して燃えだし、レンジに引火して爆発する。

思わぬ火事として消防庁が注意を促す事例のひとつで、ネットなどでも動画がアップされている。おそらく宮古関はその動画か記述を見聞したのだろう。鏡の向こうでは刑事の質問が始まっていて核心部分にさしかかっていた。

「計画に必要な四百グラムほどのアルミニウム粉をどこで手に入れるか。購入すれば記録が残る。なにか方法はないか。そう考えたお前は一円玉に目を付けたんだな？　世の中に普通にある純粋なアルミニウム。財布の中の凶器だと」

刑事はそこで間を取って記録がちゃんとなされているか、机に向かって調書を作る刑事に確認した。

「ただし一円玉は一グラム、必要な枚数は四百枚になる。かなりの量だ。コンビニやスーパーの釣り銭で用意するのは難しい。お前の体は人目に付く。何度も細かい物を買いに行けば、いやでも店員の記憶に残る。そこで思いついたのが銀行だ。あそこには純粋なアルミニウム、一円玉がうなっていると」

宮古関はうなだれたまま一言も発しない。肯定の言葉を引き出そうと刑事はどんと床を踏みならした。脅しとまではいかない。しかし威嚇ととらえられても仕方ないといったぎりぎりの線だ。

「言い逃れはできないぞ。お前の銀行口座を調べた。先場所があった時期の出金記録が残ってる。これこそ、計画的な犯行の動かぬ証拠だ。本場所中、夕方六時まで体の自由が利かないお前は、口座の金を両替するのに両替機を使えなかった。三時までだからな。そこでお前がとった方法は口座の金を一円玉に替えるために何度も半端な金額で引き出しを繰り返すことだった。四円の端数で百回に及ぶ」

厳然とした事実を突きつけられて宮古関は溜息を吐くと口を開いた。

「おっしゃる通りです。博打にはまって借金がかさんでいたんです。返さなければ腕を片方もらうと脅されて」

「阿漕（あこぎ）な相手から借りたもんだな。どこだ」

「神戸の流星会というところです」

大黒は苦々しい思いとなった。豆腐の事件の時の奴らだ。

「電子レンジを計画的な放火に使うことをよく思いついたな」

「相撲取りの初めの一歩はちゃんこ番です。調理器具の便利な機能は叩（たた）き込んであります」

「そうか。俺も捜査員に話を聞いて家の電子レンジの操作説明書を読み直した。いつもは解凍やその場であたためる程度だから、あんな機能があるなんてしらなかった」

「ええ、電子レンジにはタイマー機能があって、炊飯なんかの予約調理ができるんです」

「俺の家のは十二時間まで設定できた」

刑事は納得したようにうなずいた。

「しかし、いくら借金があるとはいえ、国技である相撲を取る癖に卑劣な計画を立てて恥ずかしくないのか。正直に答えろ。わざわざ朝にレンジのタイマーを操作したのはなぜだ。日高山が会食に出ている夜を狙っていれば実行前に死亡していたんだぞ」

「分からないでしょうね。力士は一日の稽古が終わればくたくたです。ちゃんこで腹が一杯になれば眠くて仕方ない。ぼんやりしてなにか手がかりを残すのが恐かったんです。それに今晩は私もタニマチの会食に呼ばれていた。出ていればアリバイ作りにもなると思ったんです」

宮古関は言葉を続けた。

「卑劣とおっしゃいましたね。でもね、刑事さん。タニマチにとっちゃ、私たち力士は馬鹿食いする見世物のようなものです。ごっつぁんですと平らげるのを見るのが楽しくて仕方ない。口に出したりしませんが、あいつを肥らせたのは俺だと腹の中でペット扱いだ。タニマチだけじゃない。横綱審議委員会や親方衆といった関係者も同じだ。礼儀がどうだ、伝統がどうだとこだわるのは見世物意識の裏返しですよ。まるでサーカスの動物に曲芸を教え込んでいるような気なんだ。私にとって人間的な憂さ晴らしは博打しかなかった」

「人権問題と殺人は別だ。ひねくれたもんだな。なぜ日高山だったんだ。恨みでもあったのか」

「大関から落ちると懸賞金は格段に減ります。借金が返せません。日高山はもっとも苦手な力士で勝つのが難しかったんです」

「それで今回のような手の込んだやり口に出たのか」

「俺じゃない。首謀者は別にいる。携帯にメールがあったんだ。博打の借金で首が回らないのだろ。日高山をやれ。そしたら借金を帳消しにしてやるって」

「嘘を吐くな。相撲取りの癖に」

「本当だ。相手はしらない。差出名はＭＭＭってアルファベットになってた。それで事故に見せかけて撲殺や刺殺、ロープで絞め殺そうともしたがどれも失敗した」

「そそのかされただと。だったらメールを見せてみろよ」

「それがないんだ。どんな方法か知らないが、一度読んだら消滅してた」

「都合がいいメールだな」

「日高山があんなにごついとは思わなかった。頭蓋骨は硬いし、脂肪は厚いし、太いロープまで切れた。喉輪に負けないはずだ。それで残されたのは最後の手段、焼死だけだ。だけどまさか馬とプールにいくとは思わなかった。本当なら風呂に入らないからテルミット反応の火事で焼け死ぬはずだったのに」

事件から数日が過ぎた。大黒と数之、アメリは休暇を取っていた。火傷の治療を名目にしたが夏休みだ。あるチケットをタダで手に入れた結果だった。タダ券の入手経路は揃って一緒にいる森田からだった。

「残念じゃが携帯電話は新しくしたよ。じゃが今回のも防水タイプにしたんじゃ」

「そいつはよかったな。だがそもそも爺さん、あんたが携帯電話をプールサイドに忘れなきゃ、日高山はまだ生きてたんだぜ。しかも防水タイプとはな」

「数ちゃん、わしのせいだというのかい。そりゃ、申し訳ないが、あれは事故だろうに。ハヤテ号が騒いでプールに蹴飛ばしたのはわしのせいじゃないだろ」

「ま、関取の運が悪かったのは確かだな。おかげでバチカンの奇蹟もおじゃんになっちまった」

「ところで数ちゃん、逮捕の時に家の外でなにか聞こえなかったかい。ハヤテ号がいないただろ」

森田がつぶやいた。その言葉に数之が尋ね返す。

「聞こえたってなにが？」

「小さいがフルートの陰気な音色みたいだったんじゃが」

「電子レンジの音だろ。出来上がりましたってメロディーの」

「なんだ。そうかい」

数之の言葉に森田は納得したようだった。

「ところでアメリ。この夕刊タブロイド紙を見てみろよ」

数之が手にしていた新聞を突き出した。事故直後のものらしい。

『日高山関、プールで死亡。現場の美人巨乳捜査員を激写』

派手な見出しで顚末を綴った記事にビキニ姿のアメリが写真で掲載されている。日高山の悲報というよりもお色気記事丸出しだ。かがみ込んだ胸元がアップにされたカットもカラーで添えられている。

「なあ、アメリ。この写真、水着からなにかはみだしてないか。ピンク色のこいつは思うに乳輪、ことによれば乳首かもしれないぜ。全国にお前の恥ずかしい部分が大公開ってわけだ」

嬉しそうにはしゃぐ数之にアメリは平然と答えた。

「いいじゃない。乳輪でも乳首でも。わたしがごくふつうの人類だってことなんだから。

なんだったら確かめる？　見られて驚かれるような不思議な器官は持っていないって証明してあげるわ」

「こたえてないのか。残念だぜ」

「それよりMMMってなに？　流星会と関係があるの？」

「それに関しちゃ、神戸の鑑識と話したが、まったく手がかりがないみたいだ。自動的に消えるメールといい、どうも雲をつかむような話だな」

大黒は三人の会話を聞きながら、かすかな疑問を感じていた。神戸流星会。謎のメールの差出人であるMMM。もやもやとした印象が脳裏に渦巻いている。しかし夏の暑さがそれを片隅に追いやっていった。

「あのね、大黒。わたし馬について勉強したの。あの子たち、すごく記憶力がいいんだって。ハヤテがあんたを噛んだのはニンニクの匂いで犯人だと誤解したからよ」

そうだと答えるようにプールの外で馬がいないた。ハヤテはしばらくアメリが面倒を見るらしい。一行は水着姿でプールサイドにいた。与太郎の遊園地の。プールサイドは暑い。夏、本番。太陽は真っ赤っかだ。

第三話　サンタクロースが墜ちた夜

「死んでるだろ？」

ビルの屋上で機動捜査隊の大河原がつぶやいた。夏本番の早朝。東京郊外の一画だった。辺りでは捜査陣が立ち働いている。

「確かに死んでるわ。まさかと思うけど、これって本物のサンタクロースなの？　トナカイが引く橇(そり)から落ちちゃったの？」

アメリが悲しそうに返した。死んでいるのは中肉中背の男。三十代とおぼしく、真っ赤な上下の服に長靴、頭にボンボンの付いた円錐形(えんすいけい)の赤い帽子を被(かぶ)っている。見たまんまのサンタクロースの恰好(かっこう)だ。ただし屋上のコンクリートの床一面が血まみれなのはいただけなかった。本物のサンタだとしたら、おっちょこちょいもいいところだ。

「十二月まで、まだ何カ月もあるぜ。さすがに出てくるには気が早いだろう」

大河原が答えた。男が死んでいたのは十三階建てのビルの屋上だ。四方に手すりが巡らされている。この辺りでもっとも高い建物らしく、大黒が手すりから見下ろすとビルの前は道路に面した駐車場。横手の四階建てはマンション。他はどれも平屋や二階建ての家屋で、周辺にはここより背の高い建物は見当たらなかった。

「それで死因は？」

大河原の口ぶりはどこか投げやりだった。大黒にはその原因が分かった。死体のそばにかがみこむアメリの服装のせいだ。今日のアメリはいつものようなミニスカートではない。トレーニングウェアの上下に白衣をまとっている。セクシーぶりを期待していた大河原はそこが不満なのだ。

「どうかしらね。頭蓋骨が割れて陥没してる。直接の死因はこれね。上半身全体もひどい打撲で肋骨(ろっこつ)が折れてる」

「すると事故ってわけか」

大河原は背後を振り返った。視線の先では鑑識の数之が作業を続けていた。かたわらにはやや湾曲した鉄の板が転がっている。畳一枚ほどのサイズだ。さらにその先、屋上の隅には映画に出てくるような真っ白なペントハウスが設けられ、横にエレベーターが併設されていた。

「大河原、あそこがこいつの住居なのか」

「ああ、被害者は前田五郎。このビルの持ち主で、あのペントハウスで一人暮らしをしてる。年齢は三十五歳で独身。このビルは亡くなった両親から受け継いだものだそうだ。死体の第一発見者はこのビルの雇われ管理人。今日は月曜日だろ。週の頭はいつもここを清掃するんで屋上にきた。するとサンタが死んでたわけだ。話によると前田はデイトレーダーらしい。あの住まいでコンピューターを何台も駆使してかなり儲けてたんだと」

「アメリ、死亡推定時刻は？」

「そうね、ざっと計算して昨夜の十時から深夜零時ぐらいまでかしら」

「大黒、管理人によるとこのビルに入ってるのはすべて会社らしい。だから日曜日だった昨夜はこの男以外はいなかったそうだ。管理人もだ」

「つまり目撃証言を取るのは難しいわけか」

大黒は再び数之の方へ視線をやった。

「大河原、あの鉄板はなんだ？」

「畳じゃあないな」

「とにかく、あれが空から落ちてきてこの男を直撃。それでこうなったって線が濃厚なんだな。なのにどうして俺たちを呼んだ？」

「一応、変死体の部類だからさ。事故なら原因をはっきり究明してくれれば後はこっちで処理するぜ」

大河原の口ぶりは歯切れが悪かった。なにか裏があるような様子だ。そこへ立ち働く捜査陣を縫って数之が三人の元へ戻ってきた。

「残念ながら空飛ぶ円盤じゃなかったぜ。表面の塗料が一般的なタイプだ。ＵＦＯならお粗末すぎる。あれはドアだな。モスグリーンの色調と丸みのある形状から軍用のヘリコプターだろう。英文の表記があるから米軍のじゃないか。沖縄でもときどきあるが、整備不良のヘリや飛行機から部品が落下して事故を起こす。いつだったか、窓が空から降ってきた事件があったろ」

数之の説明で大黒は大河原の意図を理解した。この近辺には米軍基地がある。だから頻繁に軍用機が上空を飛ぶだろう。ただ事件が数之の説明通りだとすれば米軍相手に事故を立証するのは困難を極める。軍事機密を建前にするからだ。大河原はその厄介な仕事をこっちに押しつけるつもりなのだ。

「あのさ、そこなんだけど。ちょっと不可解な点があるのよ。この人の両手の指がやたらと折れてるのよね」

一通り、死体の検死を終えたらしいアメリが口を開いた。雲行きが怪しい。大黒はうんざりした思いで告げた。

「ドアと激突する寸前に咄嗟に頭をかばったんじゃないのか？」

「なきにしもあらずね。でもドアが落ちてくると分かったら、寸前としても、本能的に避けるんじゃない？　だけど指が折れてる。頭を手でかばうのは危険を理解している証拠よね？　なぜ逃げなかったのかしら」

「ぶつかった後は？」

「だったら指を怪我するはずないわ。即死だから腕が上がらないもん」

確かにアメリの説明は正しい。大黒は溜息を吐いた。ちょっと厄介な展開になってきた。

「もしこの人がサンタだったら説明がつくのよね。橇から滑り落ちて、この屋上に頭をぶつけるぞと理解して手でかばったってわけ」

「アメリ、お前はこいつが墜落死したといいたいのか」

「絶対ではないわ。ただ可能性があるのも確か。後でじっくり解剖してみるけど」

数之が口をはさんだ。

「あのよ、お前は幼稚園児か。空飛ぶ円盤は存在するがサンタは実在しないぜ。あれはみんなパパだ。死体の指にドアと同じ塗料が付着してないか、コンクリートの痕跡がないか、後で詳しく分析してやる。そうすればサンタなんかいない。ママもパパも嘘つきだと思いしるだろうよ」

数之の言葉は身も蓋もないばかりか、相変わらず論理が嚙み合わない。神話や伝説を否定するくせに超常現象だけはニュートンのリンゴ並みに信じ込んでいるのだ。

厄介だな。大黒の脳裏が冬の日本海に変わった。真夏の屋上で墜落して死亡。可能性に過ぎないとしても、辺りで一番高い建物の屋上でどうやったら墜落死できるのか。飛行機に密航していたのか。おまけにサンタの恰好だ。最近のサンタは航空機でプレゼントを配っているのか。

「こいつ、真夏にクリスマスパーティーでもやるつもりだったのかな。それともこの手のコスプレが興奮する性癖か」

数之が皮肉った。この男がサンタでないのは確かだ。前田五郎なんて名前のサンタは夢がなさ過ぎる。

「ここに上がるには、あそこのエレベーターだけか？」

「あとは非常階段だな」

大河原が答えた。

「中を見ていいか？」

大黒は数之に確かめた。

「ああ、所轄の鑑識作業はあらかた済んでる」

数之の言葉に一同はペントハウスへと歩み寄った。大黒がノブに手をかけるとドアは簡単に開いた。

「鍵はかかってなかったのか？」

数之が小さくうなずく。中は薄暗い。大黒は壁際のスイッチを押して明かりを点けた。部屋は広さが十二畳ほどのワンルームだ。入った右手にひとつだけの小さな窓。厚いカーテンがかけられ、閉め切られている。奥の壁際にラックがあり、モニター画面が六つも並んでいた。

その前にデスクがあり、大型のホストコンピューターが鎮座している。いずれも精密機器だ。窓が小さく、閉め切られているのはホコリを嫌ったからだろう。

入った左手はバスルームとトイレ。大黒はドアを開けて確かめたが不審な点はなかった。続いて小さなキッチン。フライパンも鍋釜の類もない。せいぜいがヤカン。食器棚にも必要最低限といえる皿とコップがあるだけだ。

大黒は冷蔵庫を開いてみた。中にはラップに包まれた食べ残しのピザ数切れとミネラルウォーターだけで食材はない。どうやら食事はデリバリーばかりだったらしい。

室内は生活感に乏しい。ただし荒らされた形跡はうかがえなかった。少なくともここで騒ぎが起こった様子ではない。

「物取りじゃ、なさそうか」

「財布も現金も金目の物は残されてる」

数之が同意した。右手の壁際にダブルサイズのベッドがあり、重厚なクローゼットが据え付けられている。開くと衣類の他に奇妙なものが目に入った。大黒は数之に問いかけた。

「これは？」

「見ての通りさ。潜水服だ」

鉄製のスタンドに掛けられていたのはジュール・ベルヌの『海底二万哩』を想起させる骨董品のような潜水服だ。頭部が金属製のヘルメットで前面にガラスが嵌められている。背中に空気を送るためのホースが突き出し、全身を覆うタイプで、分厚い繊維で仕上げられていた。

「潜水服なのは分かった。聞きたいのは、なぜここに潜水服があるかなんだ」

「インテリアじゃなさそうだな。クローゼットにあったんだから」

数之が曖昧に答えた。大黒は潜水服を持ち上げようとしたが、かなりの重量だった。

「重いな」

「ああ、ざっと八十キロほどだ」

「それで横にある、これなのか」

「論理的に考えればそうなるな」

大黒はクローゼットの横手にあった電動車椅子を見つめた。もしこの潜水服を着用したなら、アトラスかサムソンでもない限り、一人で動くことはできないだろう。そのための車椅子なのだ。

ベッドの横にもガラステーブルがあり、仕事用とは別らしいラップトップパソコンが載っている。そこに数冊の本が広げられていた。『赤本サンタクロース』『サンタクロース／傾向と対策』『一級サンタ必携』。開いてみると問題集らしい。いずれも発行元は新日本サンタクロース協会出版部とある。

「数之、サンタクロースに資格試験があるのか」

大黒は問いかけた。

「さあてな、俺はサンタを信じてないから分からないな」

「あの人、サンタじゃなくて潜水夫なの？　残念ね」

「どちらにせよ、馬鹿という種族なのは確かだ」

「大河原、管理人は一階か」

大黒は二人の会話を聞き流して大河原に尋ねた。サンタか潜水夫かは別として、死んでいたデイトレーダーは、かなり特殊な人間らしい。人となりを詳しく聞き込む必要性がある。

「大黒、多少なりとも墜落死の可能性があるんだな。ややこしい話になってきてくれたぜ。管理人は一階に待機させてる」

大河原の答に大黒は室内の確認を中断して、聞き込みに移ることにした。一同はペントハウスの横にあるエレベーターに乗り込んだ。ドアが閉まり、床が静かに下降していくと数之が告げた。

「幼稚園児、今日はどうしてその恰好なんだ？」

「ジムにいってたのよ。そこを呼び出されたわけ。この白衣は所轄から借りたの」

「キックボクシングのトレーニングか？」

アメリは大学時代からキックボクシングの選手だ。

「ちょっと事情があってね。物理的、経済的な理由が絡んでるの。呼び出しがなかったら、買い物に行きたかったのに」

「キックのトレーニングじゃなきゃ、ダイエットだな。要するに肥ったんだろ」

数之がずばりと指摘した。途端にアメリの飛び膝蹴りが数之の顔面に炸裂した。鈍い音に大黒は理解した。アメリも一応、レディらしい。体重に関する話は逆鱗に触れるのだ。

「わたし、ちょっと外に出てるわ。あと百本、スクワットをやんなきゃ」

一階に下りるとアメリはエントランスの自動ドアから出ていった。表は駐車場で道路に面している。黄色い規制線が巡らされているが数台の乗用車が停まっていた。

ビルに入居している会社の営業車だろう。それを証明するように一台の車が入ってくると、巧みなハンドル捌きで車と車の間にL字を描いて駐車した。

器用なものだな。都会、特に東京で暮らすドライバーは誰しも針の穴にラクダを通す技術が求められる。確かに東京は砂漠だ。大黒は感嘆とともに奇妙な連想を脳裏に描いた。

「あの、ビルのオーナーの前田さんはどんな人だったのですか」

エントランスの奥にある管理人室で大黒は聞き込みを始めた。椅子に座っているのは六十絡みの小柄な男性で困ったような表情だ。

「ええっと、若社長は変わった人なんですよ。ほとんど人に会わなくてね。私も用事があるときに内線電話で指示されるほどですよ」

「ここに雇われてどのくらいですか」

「かれこれ六年になりますか。まだ先代が存命の時からですよ」

「その間、前田さんと個人的な付き合いはないんですか」

「ペントハウスを見ましたかね。潜水服があったでしょ。若社長はひどいアレルギーでしてね」

「アレルギー？」

「ええ、花粉症に始まり、シックハウスに食品はエビ、蟹、卵、小麦が駄目。さらには日光も。くしゃみと鼻水と痒みの展覧会みたいなもんで。だから外出することはまれなんです。窓も常に閉め切っていて、食べ物は特別なデリバリー。飲料もね。どうしても部屋を出る必要がある場合は、あの潜水服で完全防備するんですよ」

「それで電動車椅子なんですね。窓が閉め切られてたのは、コンピューターだけじゃなく、アレルギーもあったからか」

管理人はうなずいた。

「ええ。とにかくアレルギーのせいで普通の仕事は無理だからデイトレーダーを選んだそうです」

「前田さんは昨夜、飛行機かヘリコプターか、気球やハンググライダーなど、空を飛ぶなにかに乗るような話はしてませんでしたか」

「まさか。あの潜水服じゃ、外には出られても遠出はできないでしょ。それに若社長には対人恐怖症でパニック障害もありましたから。遊覧飛行なんて問題外ですね。自家用機も持ってません。あの重たい潜水服ですよ。気球やハンググライダーもあり得ない。そうそう、いつだったか、空を飛ぶなら橇がいいっていってたな」

「橇ね。前田さんはサンタクロースに、かなり心酔していたんでしょうか」

「本当に変わった人でした。子供の頃にサンタに会ったそうで、それ以来、実在すると信じてたみたいでね。自分もサンタになるのが夢で、それで先代が存命の時から、できるだけ高いところに住みたいってことでペントハウス暮らしなんですよ」

屋上に住む潜水夫がサンタクロースに憧れていた。まるで蛸がカモメを夢見ていたようだ。だが昨夜は潜水服ではなく、サンタの恰好で部屋から出ている。蛸がカモメになろうとしたのだろうか。

「前田さんがどうして昨夜、サンタの服装で部屋から出たのか、なにかご存知ないですか」

「いえ、まったく。ただ四、五日前から様子がいつもと違ってました。浮かれてたというか。なにかいいことがあったなと思ってたんですが」

サンタの恰好だったのには理由があるようだ。しかし事情は本人しか分からない。ただし管理人の話が正しければ、自殺の可能性は薄い。となると事故か他殺の線が残される。

事故だと断定できれば話は早い。米軍との交渉は外務省か防衛省に丸投げして、トンズラする手がある。今、東北で米軍防備機器を配備するかどうか、地元ともめている。この一件を事件として注目されるのは嫌うだろう。内密に処理するように話を運べばいい。しかしその前に他殺の線を潰さなければならない。

「このビルの防犯面はどうなってるんですか」

「中に入るには暗証番号が必要です。駐車場と玄関口、エントランスに防犯カメラが設置されていて、ここで録画しています。でも昨日は私も、ビルに入居している会社も休みでしたから、目視での監視はできていません。ただし映像は契約した警備会社に送られていて、二十四時間のチェック態勢です。なにかあったら警備会社が急行する手はずですが」

「昨夜はそれがなかったわけですね」

「ええ、そんな騒動があれば私に連絡がくることになってますから」

管理人の話からするとこのビルには昨夜、誰も侵入しなかったことになる。

「そいちゅを、ちょっちゅあらためちゃちて、もりゅう」

横にいた数之だった。鼻の穴にティッシュを詰め込んでいる。アメリの飛び膝蹴りをまともに受けたせいだ。

男はうなずくとデスクの横手にあるラックを目で示した。モニター画面があり、下のレコーダーに接続されている。駐車場、玄関口、エントランスのそれぞれを数之が操作した。日曜日の映像がモニター上に再生される。

「アメリによると死亡推定時刻は昨夜の十時から深夜零時ぐらいだ」

大黒の指示に数之は十時の少し前から映像を始めた。がらんとした無人の薄暗いエントランス、駐車場、玄関口が映し出される。タイマーのクレジットはそれぞれ九時五十分。しばらく確認していたが何の変化もないため、数之が早送りした。やがて一時間ほど経過した十時五十分。道路から駐車場へ一台のワンボックスカーが入ってきた。

車が停まると中から一人の女性が降りてくる。玄関ドアの方へと近づいてきた。ドアの前に立ち止まった女性は正面を向いた。玄関口のカメラで容貌が把握できた。目鼻立ちのはっきりした美人でセミロングの髪。

二十歳そこその若さだ。手にトートバッグを提げている。視線が上下に動くのが把握できる。おそらくガラスドアを鏡代わりにして出で立ちをあらためたのだろう。

なにより目立つのはセーラー服を着ていることだ。中に入るかと思われたが、そのまま彼女はドアから離れて歩み去った。しばらくして彼女を乗せてきたワンボックスカーも駐車場から出ていく。

「日曜日の夜の十一時に、こんなところで女子高生がなにしてるんだ？」

鼻からティッシュを抜くと数之が首を叩いた。やっと鼻血が止まったらしい。確かに変だ。夜遊びの帰りだとしても今どきの女子高生が制服姿でうろうろするだろうか。おまけに無人のビルの駐車場で車を降りたのが解せなかった。大黒は管理人に尋ねた。

「この女性を見たことがありますか。近所の子でしょうか」

「さあて、見かけたことはないですが」

「映像を早送りしてくれ」

大黒は数之に指示した。録画映像がスピードを上げる。女子高生がドアを姿見にしただけで、駐車場、玄関、薄暗いエントランスは、ずっと無人だ。

深夜十二時近く。再び先ほどのワンボックスカーが道路に現れた。やはり同様に駐車場に乗り入れてくる。すると例の女子高校生が戻ってきた。玄関ドアの前を横切ると車に乗り込む。そして車は駐車場を出ていった。

数之はそれぞれの映像を倍速以上にして、夜更けから辺りが白み始めるまで再生した。管理人が登場し、やがて一報を受けた機動捜査隊が乗り込んでくる。そこで数之が映像を止めた。

「大黒、あの女子高校生以外は誰も写っていないな。それにあの子もここを通り過ぎただけだ。ビルの中には死亡推定時刻に誰も入ってきていないぞ」

警備会社による通報と急行はなかった。論理的に考えて事故だ。脳裏の日本海が常夏の海に変わった。バッキー白片（しらかた）のハワイアンが聞こえる。後は外務省か防衛省にお任せだ。

「数之、容疑者は一人もビルに侵入していないことを再確認して捜査を終了する」

大黒の指示に改めて数之は映像を頭から再生し始めた。そこへアメリが管理人室に入ってくると声を上げた。

「大黒、お馴染（なじ）みさんと会ったの。ちょっと話があるっていうから連れてきたわよ」

見ると隣に森田をともなっている。

「ジングルベル、ジングルベルときたもんだ。ようよう、数ちゃん、メリークリスマス！」

陽気そうに森田が叫んだ。早朝というのに頬が赤く、ほろ酔いらしい。

「爺さん、メートルが上がってるな。こんな時間になにしてるんだ」

「うん、わしかい？　オフ会の帰りじゃよ。わしの『読むと恐いぞ』ってホラーのブログがあるだろ？　そのファンが近くにいて、みんなで集まってたんだ」

森田は根っからのホラーマニアだ。自主制作ビデオも趣味で続けている。

「そうかい、ご機嫌でけっこうだな。こっちは仕事中だ。邪魔するなよ」

数之が憮然として再生映像に向き合った。大黒は不意に疑問を感じて尋ねた。

「森田さん、オフ会の帰りなのは分かりましたが、メリークリスマスってのはなんですか」

「そりゃ、サンタクロースじゃよ。実はさ、話ってのはそれでな。あんたらが集まってるってことは、きっとまたおかしな事件じゃないかと思ってな」

「サンタクロースがどうかしたんですか」

「夕べ、零時頃かな。オフ会はここから少し先のマンションに住んでるファンの部屋であったんじゃ。十階なんでリビングのガラス戸から夜空がよく見える。で、まあ、そのリビングで車座になって盛り上がってたと思ってくだしゃんせえ」

「爺さん、話が長いぞ。要点をいえよ」

「数ちゃん、相変わらず短気だな。そんなんじゃ、そのうち脳溢血になるぞ。いいかい。

それでだ。話の合間に、わしがふとガラス戸から夜空を見ると黄色い大きなお月様が皓々(こうこう)と照っていてな。ああ、きれいだなと感じ入った。するとな。その月明かりに照らされて真っ赤ななにかが落ちてくるのが見えたんじゃ。それがな、人の形をしててな。おやっと思ったね」

「待ってください。夜空に赤い人が落下していたんですか」

「ああ、そうだ。わしゃ、目を疑った。だけど、どう考えてもサンタとしか思えん。それで朝になるのを待って、サンタが落ちた辺りへきてみたら、あんたらがいたって寸法じゃ。しかしあのサンタ、無事だったんじゃろか。橇から落ちるなんて、随分、おっちょこちょいだよな」

「森田さん、いつもビデオを持ち歩いていますよね。そのときの様子は録画してますか」

「いや、オフ会の様子を撮影していて夜空の方は撮(うつ)してない」

残念ながら森田の目撃証言は物証になっていない。しかし死亡目撃のエキスパートといえる森田だ。おそらく今回も作り話ではないだろう。

厄介だな。大黒の脳裏でもう一人の大黒が苦笑した。先ほどまで脳内で流れていたハワイアンは演歌に変わった。目を閉じると冬の日本海が荒々しく波を砕けさせている。

前田は米軍機の落下物で死んだのではない。空から落ちたのだ。残留物であるドアは無関係なのだ。

「数之。人間が落下死する高度は？」

「そうだな。運不運があるらしいが、とび職の話じゃ三階。七メートルが生死の分かれ目ってことらしいぜ」

「これは殺しかもしれない」

「殺し？　米軍ヘリの事故じゃないのか？　屋上にドアが残されてるんだぜ」

「あらあら、ドアは偽装で意図的な墜落死だっていうの？　だけどここは辺りで一番高い建物よ。どうやったら墜落できるの？」

数之とアメリが同時に尋ねてきた。

「当たり前だが、下に落ちるにはそれより高い場所にいなければならない。もし前田が本当にサンタクロースだったとしても、どこから落ちるんだ？　サンタは最初から空にいる訳じゃない」

「そうね、橇に乗って上空にいないと物理的に墜落しないわね」

「だとしたら、前田もなんらかのかたちでビルの上空にいたことになる。例えばトランポリンか、かなりの高さの脚立(きやたつ)に登ったかだ。だがそんなものは残っていなかった。なにをどうやったかは分からないが、自主的な行為だとしたら、安全性を考慮するはずだ。死亡するほどの高さなんだ」

「分かったぞ。インドの手品だ。笛の音でロープがするする勝手に伸びていって空に登っていけるやつ。それとも天狗か超能力者で空中浮遊できるんだ。待てよ。前田は本当はカンガルーだったんだ。それともサーカス団員で人間大砲の練習をしてたとか」

サーカスの人間大砲というのは大砲の筒の中に入った人間を発射する見世物だ。確かにそれならどかんと上空に打ち上げることができる。

「そうだわ、大黒。以前、停電中に感電死した事件で、人間発電所の雷門ゴロ太さんに話を聞いたわよね。わたし、師匠に電話してみる」

嬉しそうにアメリが告げると携帯を取り出した。話がややこしくなってきたことで舞い上がっているのだ。まるで遠足前の小学生だ。

「うん？　なんだい、こりゃ。ちょいと変じゃわい。ストップしてみてくれんか」

赤ら顔の森田が声を上げた。管理人室のモニターを眺めている。画面には昨夜の玄関口が再生されていた。森田の言葉に数之が映像を停止させた。

「変だって？　おいおい、爺さん、ほろ酔いなんだろ。ちゃんと見えてるのか」

「馬鹿にするな。こんなの酔ったうちに入らん」

「それじゃ、変ってのはなんだ？」

「それなんじゃがな。さっき女子高校生がここの玄関ドアを通り過ぎたわいな。そしたら風が急に止んでるさね？　街路樹の葉がそよいでないわ。さっきまではひらひら揺れてたのになあ」

森田は趣味でホラービデオを制作しているために映像には詳しい。

「倍速程度で続きを再生してくれるかの」

森田の指示で数之が録画機器を操作した。再び映像が動き出した。しばらくして森田が声を上げた。

「あ、セーラー服が戻ってきた。うん？　また風が吹いてるな。なんかおかしいぞ。それにさっき止めたところより照明が暗くなってるぞ。蛍光灯のどれかが切れでもしたのかい？」

一連の会話を聞いていた管理人が答えた。

「いえ、玄関の照明はＬＥＤですよ。蛍光灯ではありません。まだ切れることはないですよ」

「ふううむ。とすると変だわい。数ちゃん、できるだけ映像を戻してくれるかの」

森田の指示に数之が従った。早戻しで昨夜の映像がさかのぼっていく。

「ストップじゃ。ははあ、ここだな。ほれ、見てみろ。まったく同じ映像じゃ」

森田は停止した映像を見て指摘した。モニターのタイムクレジットは九時。無人の玄関口が映し出されている。確かに森田が告げたように玄関口の明るさが酷似していた。

「ほほう、ここの静止画像をインサートしたみたいだわい。つまりタイムクレジットだけ進行させたフェイク映像じゃ。ホラービデオや超常現象のビデオで使われる手じゃないのかいな」

森田の指摘を大黒は理解した。ワンボックスカーで女子高校生が現れて玄関ドアの前を通り過ぎた夜の十一時から、女子高生が戻ってきて車で帰る十二時近くまで。その間の一時間近くは静止画像なのだ。

「となると、この防犯ビデオを誰かが改竄したことになりますね」

森田の話が正しければ、前田が死亡した理由は明白だ。誰かが犯行の証拠を隠滅した。やはりこの事件は他殺なのだ。

「数之、ビルに入らずに録画映像をいじれるか」

「やってやれないことはないな。おそらく映像は電話回線を通じて警備会社まで送られてるんだろう。だからネット経由で回線内に侵入し、偽装映像を流し続ける。あとは大手を振って玄関から入ればいい。この程度のビルならアクセス権限はデフォルトのままだろう」

最後の説明は理解できなかったが、要するに防犯面に不備があるという意味だ。犯人は警備会社に転送される映像を操作したのだ。ビルに入ってしまえば無人の管理人室で作業するのは朝飯前だ。

「侵入するにはここの暗証番号が必要だ。それもネット経由で手に入るのか」

「大黒、これが計画的な犯行だったとしようか。なら、やろうと思えばなんでもできるさ。ここはオフィスビルだ。商談と称して入居している会社に盗聴器を設置する。あるいは宅配便の会社にアルバイトとして勤める。もっとアナログな手口なら、暗証番号を打ち込むところをどこかから撮影すれば済むさ」

数之の言葉に次いで、アメリが電話を終えた。

「ゴロ太師匠に話を聞いたわ。人間大砲って見世物だけど、あれはけっこう大掛かりな装置みたいよ。しっかり固定しないとうまくいかないみたい。ここの屋上みたいに一面がコンクリートなら、台座を打ち込まないといけないんだって」

大黒は数之に視線をやった。数之は首を横に振っている。鑑識捜査で屋上にそんな痕跡はなかったという意味だ。人間大砲の可能性は消えたことになる。

だが森田が目撃した宙を舞う赤い影を前田だと仮定すると、なんらかの方法で空中に位置させなくてはならない。その手段はなにか。大黒の脳裏で冬の日本海が荒れてきた。演歌が強まる。石川さゆりだろうか。天城峠を越えるより厄介だ。なにか手がかりはないか。大黒は前田の死亡状況を脳裏で整理してみた。

一、前田はどうやってビルの上空に至ることができたのか。飛行能力のない人間には、なんらかの物理的な装置が必要なはずだ。

二、録画された防犯ビデオの改竄は他殺の線を示している。犯行を暴露させないためだ。では殺害理由はなにか。
三、米軍機のドアはデコイだ。となるとどうやって、あのドアを入手したのか。そもそも前田はどうして昨夜は潜水服じゃなく、サンタの服装で部屋から出たのか。
「わたし、今回の事件のテーマを宣言するわ。いいこと、よく聞いて。サンタクロースの好物はなにか」

アメリが嬉しそうに言い放った。

「カツ丼だ」

「鰻(うなぎ)だわな」

「あんたたちのじゃないわ。サンタのよ」

大黒はアメリ特有の思考回路を理解した。好物はさておき、要するに前田にとってサンタクロースとはどんな存在だったのか。それを突き詰めれば核心につながる。アメリはそう直感しているのだ。

「他殺だとして問題は動機だ。例えば前田はかなりの資産家だ」

大黒はアメリの宣言を追う前に潰すべき可能性を口にした。

「財産目当ての殺害か。分かった。所轄に資産関係を調べさせとこう」

数之が捜査の手順を理解して述べた。大黒は管理人に確かめた。

「前田さんの縁戚関係をご存知ですか」

「少なくとも近くに親戚はいないと思いますよ。先代の社長から、そんな話は聞かなかったし、訪ねてきたこともないですから。なんでも先代はご夫婦ともに東京の人じゃなくて、西の方の出身らしいです。故郷に血縁が少なくなって移ってきたとかって話でした」

「さて、いいか。他殺なんだな。それじゃ、俺たちは失敬するぜ」

ずっと黙っていた機動捜査隊の大河原が満面に笑みをたたえるとポケットからなにかを取り出した。手の平に載るようなサイズの小魚の模型だ。数之が目を細めた。

「なんだ、それ？」

「ルアーだよ。最近釣りを始めたんだ。こいつはミノーといってな。大型の鱒(ます)が好物とするワカサギを模している。これを水の中で引っ張ると小魚が泳いでいるように上下運動して鱒が食いつくんだ。というのも先にプラスチックが付いてるだろ？　リップといって、舌のように伸びてるな？　ここが水の抵抗を受けてルアーをうねらせるんだよ」

「理屈は分かった。だから、なんだ？」

「しかもこのルアーの中は空洞になってて玉が入ってる。そいつが上下運動するたびにコロコロと鳴って、それがまた鱒の関心を誘うわけだ」

「蘊蓄(うんちく)はたくさんだ。なんでそんなものを持ってるんだ？」

「事件は任せた。俺は釣りに行く」

大河原は機動捜査隊の面々に撤収と一声叫んだ。はじかれたようにメンバーが車へと駆け去っていく。管理人が一言、漏らした。

「アーモンドチョコレートです。若社長の好物は。あれだけはアレルギーが出ても食べていました」

大黒は告げた。

「屋上に戻ろう。ペントハウスの室内を詳しく調べる」

「数之、あの潜水服なんだが、素材はなにでできてるんだ」

ペントハウスに戻ると大黒は尋ねた。森田はオフ会で疲れたらしく、家で寝ると帰っていった。変死体捜査班であるサーカスだけが捜査を続行している。

「ヘルメット以外だな」

数之はクローゼットに歩み寄った。

「どうも分厚いゴムの裏に帆布を何重にも裏打ちしてあるようだな」

数之の答に大黒はうなずいた。大黒の疑問は、まず殺害方法に関してだった。前田は外出時には潜水服を着ていたという。その頭部や首は金属で出来ているヘルメットだ。そしてその他の部分は頑丈な素材。

となると頭を殴打したり、ロープで絞殺したり、刃物で刺して殺害することは難しい。

銃撃すれば痕跡が残る。毒殺を選ぶとしても相手はアレルギーだ。特別な飲食をするため、混入させるとしたら業者を仲間にしなければならない。それでは犯行が暴露してしまう。

　なにより相手は滅多に部屋から出ないのだ。直接、危害を与える機会は希有だったに違いない。犯人は前田の生活に関して、それなりの情報を摑んでいたのだ。

　そう考えると殺害方法は墜落させるしかないだろう。死亡する高さから落下すれば潜水服は無事でも中の人間には衝撃が伝わる。ビリヤードの球がぶつかると片方は止まるが衝撃で片方が転がっていくのと同じだ。つまり犯人は面と向かってではなく、なんらかの装置で離れた場所から前田を空中に飛び上がらせたことになる。

　問題は前田が潜水服ではなく、サンタクロースの恰好で部屋から出た点だ。大黒は最初の疑問に関して告げた。

「空に上がるにはなにが必要だ？」

「トランポリンはどう？」

「それは俺も考えた。だが、ここに上がるにはエレベーターか非常階段だ。サイズからして人力で運び込むのは無理だ。クレーンかなにかで引き揚げるしかないし、誰かに気付かれればおじゃんだ」

「発明だ。ジャンピングシューズ。ホッピングって玩具もあるな。大人用は三メートル飛べるそうだ。そういえば胴上げのギネス記録は三十二メートルまでいったそうだぞ」

近いかもしれない。だがいずれも前田が能動的であったり、了承する必要がある。目立たずに人間一人を死亡する高さまで飛翔(ひしょう)させられる装置。そんなものがあるのだろうか。

「待てよ。横手のマンションの屋上からなにかで発射されたってのはどうだ」

数之がペントハウスの小さな窓から外を眺めて告げた。可能性はあるが、その場合も前田が自主的に移動しなければならない。思案する大黒に数之が携帯の連絡を受けて報告した。

「所轄からだ。前田の資産を管理していた会計事務所によると、奴(やつ)は年間一千万の生活費以外はすべて純金に代えて銀行の貸金庫に預けてる。デイトレードの運用資金はそれを担保とした総額百億。だが貸金庫の鍵はペントハウスに残されてた。金庫の金の延べ棒は帳簿と合致しているから会計事務所の着手はない。前田の弁護士の話では死後の遺産はすべて前田五郎サンタクロース基金の創設に当てるとの遺言書を作成してる」

「つまり自分の遺産でサンタクロースの活動を支援するわけか」

「ああ、なんでも恵まれない子供たちへのクリスマスプレゼントやイベントのために運用するのが目的らしい。法人化して弁護士事務所が運営を担うらしいから誰かが横取りするのは難しい。どうも財産目当てじゃなさそうだぞ」

数之が続けた。

「思うんだが使ったのは魔女の箒か、空飛ぶ絨毯じゃないか。今じゃ、ネットでなんでも買えるからな。サンタじゃなくて本当は悪魔崇拝してたんじゃないか」

魔女の箒と空飛ぶ絨毯に関しては考慮の対象外だ。だがネットという言葉に大黒の脳裏が反応した。ガラステーブルのノートパソコンを指さして数之に告げた。

「サンタの好物だ」

「ああ、そういえばこのパソコンを調べてなかったな。さてパスワードだが」

「サンタクロース」

パスワードは当たっていたらしい。キーボードを打った数之が親指を立てる。デスクトップのファイルを開き、続いてネットに接続した。

「なんだ、こりゃ。ブックマークのトップに変なサイトがあるぞ」

大黒とアメリがパソコンに顔を寄せた。数之が声を上げる。

「サンタクロースは電気トナカイの夢を見るか／前田五郎の造反有理ブログ？　こいつファンタジーフェチかと思ったら、ＳＦがかってるし、マルクス主義者らしいぞ。ブントの生き残りか」

「思い入れたっぷりの本人のサイトなのね」

トップページに簡単なプロフィールが掲げられている。［前田五郎：三十五歳独身。

千年前の植物の種子として関東ローム層に埋もれていたが三十五年前に奇跡的に発芽。蔓状の全身が生長した後、テルアビブに移植され、全世界革命を志し、赤い旅団に参加して空港を爆破。だが天安門の活動に加わるために中国へ向かう飛行機がチベットに辿り着き、ダライ・ラマの知遇を得る。恩師の教えで空中浮遊を体得し、宗教の尊さを理解。自身をサンタクロースが輪廻した身だとの天啓を授かり、以降、今日に至る」

数之がうんざりとした口調で述べた。

「支離滅裂だな。ジョークのつもりらしいが、他人には頭のネジがゆるんでいるとしか思えないぞ。毛沢東を支持しながら天安門を批判してるし、空中浮遊は死ぬほどの高さに上昇しない。あれはあぐらでのジャンプだ」

「他になにが書いてある？」

大黒の質問に数之がサイト内を検索した。

「掲示板があるな。うん？　炎上してるぞ」

数之が書き込みをスクロールしていく。大黒は出だしから読み込んでいった。

『ブラジル足袋店の今回の新商品はサンタクロースに対する冒瀆だ。昨年、同社はクリスマス商戦を睨んで〈サンタにお願い。ここに入れてシリーズ〉なるサンタのプレゼント用も兼ねた地下足袋を発売した。これは性的なネーミングであり、サンタを堕落させる。なおかつ、大いなる誤りである。同社に猛省を促したい。私はここに宣言する。ブラジル足袋店よ、地下足袋は靴である。断じてソックスではない。即刻、商品を回収せよ——五郎』

ブログのファンらしい書き込みは多くが賛成の意見だ。だが問題のブラジル足袋店の反論に近い記述も掲載されている。

『当社の商品に関して忌憚なきご意見をいただき、ありがとうございます。〈サンタにお願い。ここに入れてシリーズ〉は決してナイトライフ商品ではありません。耐久性に優れ、色柄が豊富で、全国の労働者、特に型枠大工の皆様に愛用されている逸品です（デイリー神戸紙求人欄参照のこと）。なにより、くるぶしに施した緑の小さなワニのマークは労働者の安全と信頼にこたえるシンボルです。日中の作業の後、洗浄してハンガーに干していただく際、ささやかな幸福を願い、〈サンタにお願い。ここに入れてシリーズ〉と名付けました。昨今、二回目の東京オリンピックを目指し、東京近郊で急ピッチの工事が続いていると聞きます。従事する型枠大工の皆様の一助である当社の製品を是非、平和的な商品であると解釈し、ご愛用いただきたく存じます。店主敬白』

ブラジル足袋店の書き込みにさらなる反論がしばらく続いている。しかし話があちこちに拡散されているようで次第に足袋店の旗色が悪くなっていく様子が理解できた。そして前田の最終的な書き込みが掲載されている。

『ブラジル足袋店の〈サンタにお願い。ここに入れてシリーズ〉及び同社の他製品は本ブログの圧倒的な抗議により、昨年の売り上げが激減した（下記リンクの経済誌発表）。私はここに闘争の勝利宣言を高らかに謳う。万国の労働者、そしてブラジル足袋店よ、地下足袋は靴である。断じてソックスではない』

大黒の脳裏でシグナルが鳴った。容疑者の浮上だ。書き込んだブラジル足袋店の社長を確定するのはたやすいことだった。関係する内容を検索すると相手は今回の一件で商売があがったりになったためか、会社は倒産寸前、一家離散の憂き目に遭っているらしい。

ネットの威力は恐ろしい。食品に異物が混入していたとのデマで生産がストップしたり、憶測に過ぎない記述であおり運転の共犯者にされてしまう。

「うん？　数日前の受信メールがスクリーンショットの状態でファイルに保存してあるな。フィンランド国立サンタクロース認定協会日本支部からだ」

「なんて書いてあるの？」

「貴殿が資格試験を望んでいるとの連絡を頂戴した。その旨、検討の結果、日曜の午後十一時半、ご希望の審査を行う。試験場所として希望する屋上を連絡し、当日は一人だけで待機せよだと。末尾が英文だ。フィンランド国立サンタクロース認定協会。国旗と立派な刻印が添えられてる。メールを読んだ後は消去せよと指示されてるが、こっそり残すとは、よっぽど嬉しかったんだろうぜ」

大黒もメールを眺める。

「いかにも国立機関を思わせる体裁だな。誰からか分かるか」

「待ってくれ。ううむ、駄目だ。受信履歴によると、どうも海外のサイトをいくつも経由して送信されてる。特定はできないぞ」

「もしかして本当にサンタさんだったりして」

前田がなぜサンタの恰好で屋上に出たのか、その疑問が氷解した。前田は謎のメールを信用して真っ赤な衣装で待機したのだ。露骨に国家機関を思わせる体裁のメール。通常なら詐欺を疑うところだ。

だが前田はサンタクロースになることを切望していた。文面からも該当する協会に申請していたことが分かる。そこへ待望の返事だ。あっさり騙(だま)されたらしい。

目の前のガラステーブルに資格試験用の参考書があったのは指定された時間まで熱心に予習していたからだろう。

部屋の窓は小さく、厚いカーテンで締め切っていた。しかも勉強中だ。犯人が設置した仕掛けが痕跡を残さないような巧妙なもので、大掛かりでなく、物音がわずかなら室内の前田は聞き逃してしまうだろう。

「大黒、ブラジル足袋店の社長が重要な容疑者としてもだ。犯行をどうやって立証する？　死亡推定時刻のビデオが改竄されてるとはいえ、社長がここに侵入した証拠はないんだぞ？　それにどんな方法で前田を墜落させたってんだ？」

「屋上へ出てみよう。装置を使用したトリックを念頭に置いて何か手がかりを捜すんだ」

大黒の指示に一同はペントハウスから出た。手すりまで戻った三人は横一列に並ぶと這いつくばり、コンクリートの床をあらためていった。四メートルほど進んだとき、右端にいた数之が声を上げた。

「大黒、わずかだがここになにかがこすれたような痕があるな。詳しく分析しないと分からんがコンクリートより硬いもので付けられたのは確かだな」

数之が声を上げたのはペントハウスの前だ。

「二本の細い線で、線と線の間隔は六センチほどだ。刃物を定規に当てて引いたみたいにまっすぐに続いてる。だがこんなに長い定規はないぞ」

数之は立ち上がると痕跡を目で追って歩き出した。ペントハウスの前からエレベーターの方角に進む。やがてエレベーターのドアまでくると、かがみ込んだ。

「なんだ？　ドアの下のスライド部分、開閉口にも傷がある。金属同士がこすれたみたいだ」

「犯人が何らかの装置を設置した痕跡だ。やはりここに上がってきたんだ」

「だけど、これだけじゃ、なにをどうやったか分からないじゃない。なんだか面倒くさくなってきたわ、捜査はあんたたちに任せる。なにか分かったら教えて。わたしはまだスクワットが残ってるの」

後ろにいたアメリが告げると、その場でガニ股になり、スクワットを開始した。遠足にきたつもりが地味な展開に飽きたらしい。アメリの言葉は正しい。線の痕跡だけではここでなにが起こったかは把握できない。

大黒はぼんやりとスクワットを続けるアメリを眺めていた。するとなぜか甘く切ない感情に胸が包まれた。懐かしい。楽しい。なんだろうか、このノスタルジーは。

「アメリ、数之。目撃証言だ。森田さんはサンタが落下するところを見ている。近隣で他にこの屋上の様子を見ていた人物がいないか、虱潰し(しらみつぶ)しに捜すんだ」

スクワットを続けるアメリはこぼした。

「ちぇっ、地回りの捜査なの？　この暑いのに気が乗らないわ。もうちょっと知恵のある方法を思いつかないの？」

「そうだぜ。行き当たりばったりで捜査しても宝くじが当たるとは限らないだろ。犯行時刻にここを目撃していた可能性が高い奴はいないのか？」

アメリと数之の愚痴に大黒は思案を巡らせた。不意に忘れていたことがあるのに気が付いた。

「数之、防犯ビデオに映ってた女子高校生なんだが、どこの誰か確定できるか」

「ああ、あの奇妙な子だな。確かにあの娘なら犯行時刻の前後にビルの前を通り過ぎてる。なにかを目撃してたかもな。だが、どこの誰かはさっぱりだろ？　車で往復してたから、近辺の人間とは限らない。東京都内の女子高校生を全員当たるのか？」

「待って。もう一度、防犯映像を確認するのよ」

アメリがスクワットを止めると告げた。遠足が再開されたらしい。

「あんたたちにも協力してもらうわよ。特に個人的な意味で」

すでにアメリはエレベーターへと歩み出していた。

「どう？　わたしに比べて、どのくらい？」

エントランスのガラスドアの前に立っているアメリが管理人室に声をかけてくる。管理人には捜査のために席を外してもらっている。大黒と数之はモニターに再生された停止画像を見つめていた。画面には例の女子高校生が映し出されている。

「もう少し屈んでくれ。ああ、そこだ。テープで印を付けてくれ」

数之が指示を飛ばすと管理人室を出た。アメリまで歩み寄るとドアに付けられた印をメジャーで計測している。大黒も続いた。

「身長は百六十二センチ」

「ふんふん、後は残りのサイズね」

つぶやくアメリに数之が疑問を口にした。

「残りのサイズってのはなんだ？」

「あのね、身長以外の女性のサイズならバスト、ウェスト、ヒップに決まってるじゃない」

「なぜ、それが必要なんだ？　体重はいいのか？」

「数之、あんたまた膝蹴りされたいの？」

アメリのアイデアは女子高校生の体のサイズから本人の特定を進めようというものだった。だが大黒には体のサイズが、なぜ身元の手がかりになるのか理解できなかった。

「あの子の静止画像だけど、わたしの携帯に転送できる？」

「ああ、お茶の子さいさいだ。だがセーラー服を着てるぜ？　下着姿なら、なんとかスリーサイズが把握できるかもしれんが、服の上からだぞ。お前、透視能力でもあるのか」

「ふふん。本当は今日、買い物に行くって言ってたでしょ。そこに似たような能力者がいるのよ」

数之は管理人室に戻った。すぐにアメリの携帯が着信音を発した。携帯電話を操作したアメリは続いて電話した。

「もしもし、飯岡さん？　栗栖だけど。今、そっちに女の子の画像が届いたでしょ？

「この子のスリーサイズが分かる？」

　アメリが相手先に打診している。答は即座にあった。

「バストが八十五のＤカップ程度。ウェストが六十二。ヒップが九十ね。ありがと。明日また行くわ」

「誰だったんだ？　その超能力者は？　俺もその能力を開発したいが」

　戻ってきた数之が聞いた。

「わたしが贔屓にしている下着のお店の人。飯岡さんっていうんだけど、下着選びのベテランなの。服の上から見ただけでお客さんのサイズが、おおよそ分かるのよ。実は女性は下着を事情によって買い換える必要があるの。だからベテランの店員になると手間を省くために目視で大体のサイズをチョイスできるのよ」

　数之がうなった。自身では思いつかない鑑識捜査と思ったらしい。確かに男には想像できない手法だ。

「この際だから女性だけの秘密を開陳したげるわ。いいこと、女性のバストは変化が激しいの。極端な場合は一カ月の間にオッパイが何度も大小する。だからブラジャーは形を保つためにサイズの変更が必要なのよ」

「だけど実測じゃないだろ？　それにスリーサイズが把握できたとして、身元の特定の手がかりになるのか？」

「数之、あんた本当に馬鹿ね。これは鑑識捜査じゃないの。いわばロマンの追求」

「俺のロマンは雪男やネッシーだぞ」

「嘘を吐きなさんな。他にもあるでしょ。さてここからよ。次はあんたたちの領分。スマホを出して」

大黒と数之はいわれるままに取り出した。

「なんだか変だと思ってたのよね。女子高校生が深夜にセーラー服姿で車に乗ってきて車で帰っていく。これって、あんたたち、思い当たるものはない？」

大黒は数之と顔を見合わせた。どちらも警視庁の人間だ。但し健全な成人男子でもあった。思い当たることはある。

「まどろっこしいわね。どんな商売なのよ」

数之がおずおずと答えた。

「ああっと、おそらくデリバリーヘルスじゃないかな。そんな商売があると歌舞伎町(かぶきちょう)の方面から聞いたことがあったな」

「しどろもどろの言い訳はいいわ。さっさと調べるわよ。いいこと？　そういったお店の総合検索サイトはない？」

二人は顔を見合わせ、なにもいわずに情報端末を操作した。すぐにサイトにアクセスできた。というのもブックマークにあるからだ。

「用意はできた？　それじゃ、いくわよ。なにより、あんたたちにとって大切な条件はなに？」

「ええっと、奥ゆかしさかな」

「数之、捜査に手間を取らせないでよ。さっさといいなさい」

「バストだ」

「大黒もよね？」

「ああっと。小さいよりは。ただあんまりでかすぎるのも」

「じゃ、九十のＥカップと入力」

「待った。アメリ、あの娘は八十五のＤカップだろ？　それじゃ、サイズが違うぞ」

「馬鹿ね、世界のどこに自分のサイズを正直に申告する女がいるの。あの子は風俗嬢。そしてあんたたちみたいなのを相手にしてる。バストについては嘘が通る程度に大きく。ウェスト、ヒップは小さく。普通の子でも、それが鉄則よ」

「女ってのは前田のサイトの書き込みよりも嘘つきだな」

「二人とも、その嘘のお世話になってるんでしょうが」

大黒と数之は視線をあらぬ方へ向けた。アメリが続ける。

「身長は百六十二センチと」

「身長は誇張しないのか」

「あのね、女の子は可愛らしく見られたいの。でかい女と思われるのは敬遠する」

ははあと数之がうなずいた。いつの間にかアメリの女性心理講座になっている。

「それとあの顔立ちだわ。彼女は絶対にハーフってことにしてる」

「後はなんだ？」

言われた条件を入力した数之が尋ねた。どことなく、捜査から逸脱しているムードがかもし出されてきた。

「そりゃ、セーラー服でしょ。普通のティーンエイジャーが、あんな恰好で夜中にうろうろしないわ。〝襲って〟といってるみたいなものよ。つまり、そんな恰好が専門のお店か、そんな恰好の用意があるところよ」

「ふふん、オプションか。二千円程度のプラスだから好きなら頼むな」

端末を指で操作する数之は口を半ば開き、おおっ、ややっ、と検索できた相手に感想を漏らしている。大黒も情報端末の表示に視線を注ぎ続けた。

「ブルー・セーラー・ムーン。そこのナナ」

大黒は声を上げた。ビデオ映像とどんぴしゃりの顔がセーラー服専門の店の在籍メンバーにあった。目元を黒い線で隠しているが捜査のプロには通用しない。

「しかし勉強になったな。ブラジャーのサイズの変更か。アメリの物理的、経済的理由によるトレーニングってのは、やっぱり肥ったたってことか」

途端にアメリの膝蹴りが数之の顔面に炸裂した。大黒はポケットティッシュを上着から出すと黙って手渡した。

ブルー・セーラー・ムーンは福生を拠点とするデリバリーヘルスだった。大黒と数之、アメリは近くのコインパーキングに車両を入れると徒歩で事務所に向かった。

「へへへ、この手の店の事務所ってのはこんな感じなのか」

ティッシュを鼻から抜くと数之がつぶやいた。鼻血は止まったらしい。それにどこか嬉しそうな様子だった。

「チビフグ、とぼけないでよ。いつも使ってるんでしょ」

「デリバリーは出張なんだよ。事務所でサービスされるわけじゃない」

三人が入った先は零細企業の営業所を思わせた。雑居ビルの二階にあたり、事務机が三つ。どのデスクでも、かかってきた電話に従業員が対応している。

「邪魔するぜ」

数之がヤクザっぽい声を上げた。シマの頂点は責任者だろう。競馬新聞を広げていた小太りの中年男が顔を上げた。

「スカウトの人かい？　この辺りで見かけない顔だが、流しとは珍しいね」

男は大黒と数之の背後にいたアメリを舐めるように眺めた。

「上玉を連れてきてくれたな。姐ちゃん、あんた、見たところ、ハーフだな。うちはその手が好みの客が多いんだ。稼げるぜ」

ふらりと立ち上がった男はパーテーションで仕切られた奥に入った。パーテーションには名前が書かれた木札がぶら下がっている。出勤中を示すものだろう。目的のナナ嬢の名前もある。

男の声とそれに応える女の声がいくつか。奥はどうやら〝登校してきた女子高校生〟の控え室らしい。すぐに戻ってきた男の手にはセーラー服が携えられていた。それをアメリに手渡す。

「サイズはこれで合うはずだ。奥で着替えてきてくれ」

「勤めにきたわけじゃないわ」

「分かってる。様子見だろ。つまり体験入店ってわけだ。みんな最初はそう口にする」

誤解を解けと、うながすようにアメリは大黒と数之に視線をやった。

「へへへ、奥に例の子がいるんじゃないか？　話を聞いてみろよ」

数之が聞き込みを匂わす返答をした。助け船を出す気はないらしい。だが確かに事情が事情だ。風俗嬢なら女同士の方が話がしやすいだろう。大黒はうなずいた。アメリが渋々、奥へ入っていった。

しばらく女同士のやり取りが小さく聞こえた。やがてアメリがパーテーションから出てきた。セーラー服姿だ。チーフで飾られた胸元がやけに突き出し、スカートがきわどいほど短い。

「出血大サービスよ。これでいい？　話を聞くために体験入店って偽って着替えたけど、ナナさんは仕事で出ているみたい。でも昨夜も、出勤、いえ、〝登校〟してたのは確か」

「へへへ、恥ずかしいか、アメリ。ざまあみろ。二発も膝蹴りを見舞った罰だぜ」

数之が情報端末をアメリに向ける。

「てめえ、こら、写真を撮るな。三発目が欲しいのか？」

ジャンプの体勢になったアメリを見て、さすがに数之も端末をポケットにしまった。

大黒は本題に入ることにした。

「警視庁の者です。実は捜査の関係でおうかがいしました」

「おいおい、よせよ。こっちはちゃんと業者登録してる営業だぞ。手入れとは何事だ。後ろ暗いことは小指の先ほどもない」

「いえ、別件です。こちらのナナさんと連絡を取りたいんです。昨夜の十一時から一時間ほど、呼ばれた先のことを聞きたいんですが」

「なんだよ。脅かすな。残念ながらナナは今、接客中だ。終わるまで話は無理だな」

「だったら昨夜、ナナさんを送迎した方は誰ですか」

一連のやり取りに事務机の男が立ち上がった。二十歳そこそこの若さだ。

「俺ですよ。デリバリーしたのは少し先にある四階建てマンションのお馴染みさん」

「へへえ、それであんたのとこは、どんなサービスなんだ。セーラー服専門らしいが」

数之が口をはさんだ。

「基本は六十分コース。ですがそのお客さんはオプションでスケートリンクサービスもプラスしました」

「なんだって？　それはどんなプレイなんだ」

「フィギュアスケートですよ。アイススケートのコスチュームでスケート靴を履いて氷を用意して」

「数之、そこはいい。目撃証言だ」

「だが大黒、解決のヒントになるかもだぞ。それに氷だぜ。どう使うんだ？」

数之の喰い下がりを無視して大黒は尋ねた。

「ナナさんの送り迎えで隣にあるオフィスビルの駐車場に車を停めましたよね」

「ああ、あそこ。あそこは日曜日はいつも無人だから車を停めるのに都合がいいんですよ」

「なにか変わったことはありませんでしたか」

男はしばらく記憶を探っていたが、やがてうなずいた。

「そういや、作業をしていたな。送っていったときに車の中からビルの内部が見えたんですが、点検中って立て看板がエレベーターの前に置いてありましたよ。肥ったお爺さんが見張り番をしてたな」

「お爺さんですか？　どんな？」

「遠目だったし、後ろ姿しか見てないから詳しくは分からないな」

ブラジル足袋店の社長はお爺さんというほどの年齢ではない。つまり共犯者がいたことになる。ただし大黒は男の証言にかすかな疑問を覚えた。

「後ろ姿だったんですね？　なのにお爺さんだと把握できた？」

「ああ、いわれてみればそうですね。どうしてお爺さんだと思ったのかな。あのときは自然にそう思ったんだけど」

仮に共犯者がいたとしても、どうして老人と組んだのか。殺人に臨むなら高齢者よりも体力を見込める年代が適しているはずだ。大黒には犯行計画の歯車が嚙み合わない気がした。

「そうですか。それからどうなりました？」

「その後にナナさんを迎えにいって、待ってると男が荷物を台車に積んで出てきました。あれはエレベーターのメンテナンスみたいでしたけど」

「出てきたのはこの男ですか」

大黒は情報端末に保存していたブラジル足袋店の社長の写真を示した。男は大きくうなずいた。

「そうです。奇妙な奴だなと思ったんだ。夏だってえのにスキー板を運んでるんだもの。それもいくつも」

「スキー板？」

「だと思いますよ。バッグに入っていたけどロゴがその手のメーカーでしたから」

「その話、証言してもらえますか」

若者はうなずいた。おそらく犯人は確定だろう。そして装置もだ。スキー板を利用したのだ。長さが二メートルほどだからエレベーターで運び込める。だがどんな仕組みで墜落死する高さまで人間を飛び上がらせたのか。

「数之、スキー板ってのは反発力が凄いのか」

「ああ、典型的なバネ板のようなものだな」

「でもね、大黒。実現可能かどうかは、やってみないと分からないわよね？」

セーラー服姿のアメリが嬉しそうに告げた。しまったと思ったが、話が進んでしまっている。まずい展開だ。パラシュートは用意できるだろうか。高さは七メートル。できたとして機能するだろうか。

「これ。捜査資料としてもらっとくぜ」

数之が事務机にあったポケットティッシュを鷲づかみにした。チラシ代わりで割引クーポン付きだ。

再びサーカスの一同は死亡現場である屋上に戻っていた。すでに午後二時を過ぎている。

「あああ、なんだかお腹が空いてきちゃったわ。あんたたち、お昼、どうするの？　ピザでも出前してもらう？」

「おいおい、ダイエットしてるんじゃないのか。ピザじゃ、カロリーが高すぎるだろ」

数之が茶々を入れた。

「アメリ、今、ピザの出前っていったな」

大黒の脳裏で嚙み合わなかった歯車が、きっちりと回転を始めていた。

「ええ、お腹が空いたのよ」

「お前の空腹でひとつ謎が解けた」

「なんのこと？」

「後で説明してやる」

「もったいぶる奴だな。まあ、いい。それで大黒、警視庁の登山クラブにあったスキー板をかき集めて届けさせたが、これをどんな風に使ったんだ？」

数之が問いただした。大黒は脳裏で推理を絞った。犯人がスキー板を使ったことは送迎係の目撃からも確かだ。だがその先が大黒にも把握できていなかった。

もどかしい思いが思考をはばんでいる。どこからか子供の歓声と笑い声が流れてきていた。近くに学校でもあるのか、その帰りらしい。

途端に大黒の脳裏が光った。頭にアメリのスクワットがよみがえっている。それが点となり、簡単な線となり、上下運動の軌跡を描く。スキー板。子供。簡単な装置。楽しい時間。

「シーソーだ」

甘酸っぱい遠い記憶。大黒が想起していたのは子供時代のものだったのだ。

「シーソー？　つまりスキー板を何枚も揃えて、人間が乗れる幅にしたってこと？」

「待て、アメリ。シーソーで相手を死亡する高さまで飛び上がらせるには、かなりのエネルギーが必要だぞ。つまり相当に重たい人間が反対側にいなければならないわけだ」

「どのくらいなのよ？」

「ああっと。前田は中肉中背、体重は六十キロほどだな。それを致命傷に至る七メートル以上の高さまで飛び上がらせるには」

数之が情報端末を操作し始めた。

「このサイトにシーソーのアプリがある。飛び上がらせるのは女性で体重は五十キロ。反対側は七十キロの男性。その男性が約五十メートルの高さから落ちてきた場合、女性は約六メートルほど飛び上がることになる。重さや高さを調節すれば前田の場合でも可能な計算だな」

そこで数之が首を振った。

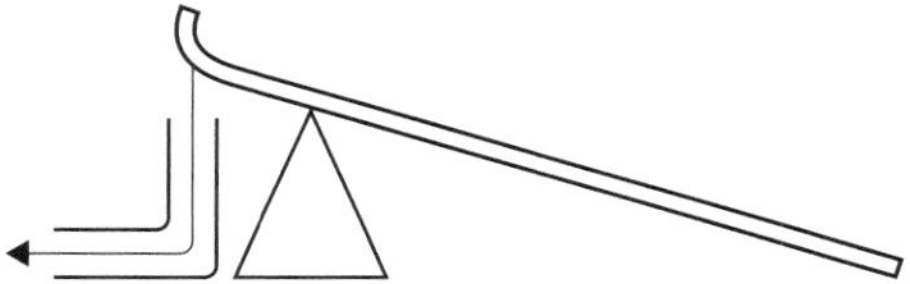

「ただし大黒、問題があるだろ？　屋上に設置された手作りシーソーに前田が自発的に乗ったとは思えない。自殺行為だぞ。それに何度もギッコンバッタンを繰り返せやしない。おそらく無理矢理乗せた前田を一発で飛び上がらせた。となるとかなり重たい物が必要になる。仮に鉄球としても、半端なサイズじゃないぞ。現実的じゃないぜ」

「確かにね。なにか特別な理由がなければ前田をシーソーに誘導できないわね」

「いいか、シーソーは梃子(てこ)の原理だから、重さが加わる力点と真ん中の支点。その先の飛び上がらせる作用点で機能するんだ。出来るだけ高く飛び上がるには、支点と力点が離れている方がいい。だから支点を思い切り、スキー板の端にすれば不可能じゃない。だとしてもだぜ。反対側になにを使ったってんだ？　象でも連れてこなきゃ無理だぜ」

数之の指摘は正しい。前田を墜落死する高さに位置させるには、反対側に相当な重さが必要だ。それに犯人は前田が日頃、外出時に潜水服を着るとしっていたはずだ。その場合、体重との合計で百四十キロほど。同じ重さの物をこっそり屋上に運ぶのは不可能だろう。

風に乗って屋上に下校時刻を告げるサイレンが流れた。それが消えると子供の唄うメロディーが耳に届いた。童謡の「ずいずいずっころばし」。アメリが屋上からそちらを見下ろす。

「小学生みたい。お遊戯しながら帰ってるのね。わたしもあのぐらいの歳の頃、よくやったわ。井戸の回りでお茶碗、欠いたのだあれなんて」

アメリが子供たちの歌とともに指を握り拳の壺に入れた。大黒は思わず叫んでいた。

「井戸だ。穴だ」

「なんだって？」

数之が怪訝な様子で尋ねた。

「上からなにかを落としたんじゃない。下だ。下に落としたんだ。すべてのビルには必ず穴がある。井戸のような」

「なあに？　もう少し分かるように説明してちょうだい」

「いいか。数之がさっき発見した二本の線のような傷、その直線上にあったエレベーターの開閉部のこすれだ」

「ああ、硬いなにか。金属同士だろうな」

「犯人は点検中の立て看板をエントランスにあるエレベーターの前に置いた。なぜだ？」

「そうだわ。地下足袋店の社長だから地下足袋の修繕はできても、エレベーターのメンテナンスはできないわね」

「あの立て看板は犯行時、休日とはいえ万一、誰かが利用しないように点検中にしたんだ。前田をジャンプさせるエネルギーは、なにも上から落とさなくてもいい」

「つまり、下に落としたってことか？」

「そうだ、数之。シーソーの力点にワイヤーを結びつける。そしてそれをエレベーターに接続する。エレベーターがどすんと下がればシーソーの作用点は上がる。人体とは比較にならないほどの重たい物が落ちてきたのと同じ効果だ」

「ふふふ。エレベーターをひとつ下の階あたりに止めておいてルーフ部分にワイヤーを付ける。屋上のドアは開けたままにしなくちゃ駄目だけど、本当のメンテナンスでもドアがそんな状態なのを見たことがあるわ。操作方法はネットで調べれば簡単に分かるわね」

「待て。その場合だとエレベーターが下がったときにシーソーはそっちにひっぱられるぞ。装置そのものが移動しちまう。シーソーは梃子の原理だからスキー板と支点がしっかり固定されてないと駄目だ。しかしなにかを打ち込んだ様子はないんだぞ」

数之の言葉は正しい。しかし必ずからくりがあるはずだ。なにかヒントがほしい。大黒は視線をあちこちに巡らせた。駐車場を見下ろすと一台の車が駐車されている。管理人に聞き込みをする前に見たものだ。あのとき、あの車は器用にL字で駐車をした。

大黒の脳裏でなにかがうずいた。まだ忘れていることがある。脳裏のうずきはそう伝えていた。車の駐車を見た後、俺はなにを見たのか。防犯ビデオの映像。確かにそうだ。しかしその結果はすでに把握した。忘れていることではない。

「ルアーだ。大河原の持っていたミノー。リップと空洞だ」

「なんだって？　犯人は釣りの道具を利用したっていうのか？」

「大河原の持ってたミノーはリップって部分があった。水の中で上下運動させて泳ぐように見せるために」

「ああ、そうだったな。水の抵抗を受けることでルアーがうねるとか、中が空洞になってるとかいってたが」

「固定はしない。ハトヤホテルだ」

「なんだい、そりゃ？　プールで魚釣りをするので有名なホテルの話か」

「釣りで思いついた。ハトヤホテルは三段逆スライド方式だが、この場合は二段階だ。だから直線のこすれが屋上に残ったんだ。こすれたのはワイヤーじゃなくてL字形のパイプだ」

「中が空洞って、そのこと？　パイプの中にロープを通したっていうの？　どんな風に？」

「アメリ、今、図解してやる。言葉では分かりづらいだろう」

大黒はポケットにあった手帳を取り出すとペンを走らせた。

「L字形のパイプを立てて、多少の負荷がかかっても、ずれないようなストッパーを付けておく。大河原のルアーのリップみたいにだ。屋上の床に、二本のこすれた痕跡を残すんだから金属製で下がY字かなにかに広がっていたのかもしれない」
「そうか。これなら人目に付かずに運べて設置も簡単ね。でもこのままじゃ、ジャンプさせた前田が作用点に落ちてきた場合、上がったままだったシーソーが下がって衝撃が吸収されちゃうから確実に墜落死させられないいんじゃない」
「だが二段スライド方式は違うんだな。前田が上空に飛び上がった後、ストッパー部分の我慢がきかずにシーソー自体がずれ、落ちてきた前田は直接、コンクリートの床に激突する」
「大黒、理屈は分かったわ。だとしてもよ。部屋から出てきた前田が怪しまないかしら。

唐突に屋上にシーソーが設置されてるのよ？」

「ナナを送迎した従業員が見たスキー板はバッグに入った状態だ。もしそれが真っ黒だったら？」

「なるほどね。夜中ならすぐには分からないわ。だけど、それでもシーソーの上に乗るかしら。それに犯人は屋上で直接、前田を殺害できないと考えていたのよね。だったら遠隔操作で犯行に及んだはずよ」

「お爺さんだ」

「送迎係が見た人？　共犯者がいたっていうの？」

「アメリ、サンタの資格試験をするなら試験官は誰だ？　誰なら一番、信用できる」

「そうね。サンタさんかな」

「そうだ。送迎係の見たお爺さんにサンタの恰好をさせて、スキー板の方に誘導したんだ」

「でも、誰なの、それ？」

「さっきお前はピザの出前っていっただろ。送迎係はどうして遠目で後ろ姿を見ただけでもお爺さんと分かったと思う？」

「あの送迎係、爺さんっ子だったのかもな。だから雰囲気で年寄りだと把握できた」

「人じゃない。人形だ。それも日頃、よく目にしているお爺さんの」

「そうか、あれか。フライドチキンのチェーン店の爺さんだな」

「日頃、町中で目にしているお爺さんの人形。あれなら後ろ姿だけでも無意識に年寄りだと理解してしまう」

「そうか、人形なら持ち運びが可能よね」

「ブラジル足袋店の社長は直接、犯行に及べないと理解して墜落死を選んだ。きっとビデオカメラかなにかをセットしてエレベーターを動かすタイミングを計ったんだろう」

推理をまとめた大黒は確実な物証にも思いが至っていた。足袋店の社長が屋上にシーソーをすえたのは確実だろう。となると犯行時に奴が履いていた靴に、前田のビルの屋上と同じ成分のコンクリートが付着しているはずだ。それがわずかだとしても鑑識捜査で検出できる。

「とにかく地下足袋店の社長を連行するように一課に連絡だ。デリバリーヘルスの送迎係が証言者になってくれる。それに関しては言い逃れはできない」

「分かった。しかし前田がサンタなんかより女を好きだったら話は違ったろうな。日曜日の夜を誰にも邪魔されずに部屋で相手と楽しめたんだぜ。外へ出ようなんて思わないさ」

「そうね、女性の魅力で命拾いしたでしょうね」

「女は嘘つきだが偉大だな。女のオッパイやお尻が気持ちいいのは事実だ。擬似的なものやフェイクがあふれる世の中だが、これだけは真実だ」

珍しく数之が殊勝な言葉を吐いた。案外本音かもしれない。アメリをからかうのも超常現象を信じるのも、下ネタを連発するのも数之の心の裏返しだろう。真実を追究したい。その点で数之は女性崇拝者なのだ。

「さて、それじゃ、本当にスキー板のシーソーで墜落死する高さまで飛び上がれるか、人体実験ね。もちろんわたしは医者だから、被験者が怪我した場合の手当てを考えて対象外よ」

「俺は鑑識捜査が必要だ。実験を記録し、検証する必要がある。となると残るは大黒だけだ。大黒、あきらめるか、それともジャンケンで決めるか」

「ああっと。話はかなり進んだだろ。実験よりも足袋店の店主に事情聴取した方が手っ取り早いはずだ」

二人に告げながら大黒はエレベーターの方角に後ずさりした。

「待て」

数之とアメリの言葉が同時に発せられたが、大黒は屋上を駆け出していた。

同日、警視庁の捜査一課による足袋店の社長の事情聴取が行われた。鑑識捜査によって本人の靴から事件現場と同様のコンクリートが検出され、なによりフライドチキン店の人形も自宅から押収された。二つの物証やデリバリーヘルスの送迎係の証言もあり、店主は自白したという。

「前田のおかげでうちの社は倒産の憂き目に遭いました。ネットの書き込みは言いがかりもいいところですよ。憎んでも憎み切れない思いだったんです。そんなとき、メールが届きました。前田五郎を殺せと。メールにはエレベーターでスキー板をシーソーにする方法が書いてあり、玄関ドアの暗証番号、それから米軍機のドア、フライドチキン店の人形、その他の小道具も用意してあるとあって、それが犯行前に届いたんです。夜中だったので誰がどう運んできたのかは分かりませんが。でもそのメールは、どんな技術によるのか、一読した後、消えてしまったんです。ただ送信してきた相手はＭＭＭと名乗ってました」

　ビルで聴取の報告を待っていた大黒はアメリ、数之とともに捜査現場である屋上に出た。足袋店の社長は自白により、逮捕に進むため、特別に現場は開放された。というのも屋上に上がらせろとの要望が多かったからだ。

　夏の夕刻らしい太陽が赤く滲んでいる。そこに真っ赤な衣装の人間が詰めかけていた。新日本サンタクロース協会の関係者。そして前田のブログの愛読者たちだ。面々は前田の死を悼んで集ったらしい。花を捧げている。

「森田に今回の顚末を連絡したわ。協力してくれたお礼に。なのに、ああ、そうかいだって。まだ眠いから電話を切るっていって、それきりよ。やっぱり年寄りは夜更かしが尾を引くのね」

大黒の脳裏には前回の事件とともに謎のメールの差出人、ＭＭＭを名乗る相手についてが渦巻いていた。

「なんだろうな」

「確かに変だな」

大黒の疑問に数之が同意する。自身らが関わる変死体事件は、ＭＭＭと関わりがあるらしい。だが真相は藪の中だ。念のため、大黒はサンタクロースの集団にＭＭＭについて問いただしたが、誰もなにもしらないとの答だった。大黒は弔意を告げると屋上を歩き出した。

「あっ」

背後でアメリがつぶやいた。数之が振り返ると尋ねた。

「どうした？　昼飯を食いはぐれたのが悔しいのか」

「なんでもないわ」

アメリは屋上にかがみ込んでなにかを拾い上げている。というのも空から小粒の茶色い物体が降ってきたからだ。しかしそれは大黒らには把握できなかった。

「やっぱりサンタはいるんだわ。かすかに鈴の音も聞こえたもの。これは死んだ前田への手向けね」

アメリが指先につまんだのはアーモンドチョコレートだった。その同時刻、森田の屋敷にも空から届いた物があった。陰気な音色が流れたと思うと板壁にかつんと音がして一本の矢が突き刺さる。

矢文（やぶみ）だった。熟睡する森田はまだ気付いていないが文面にはこうあった。「これ以上前田五郎に近づくな――ＭＭＭ」と。

第四話　電話で死す＝Death on the phone.

平日の午後だが、前田五郎は秋葉原の路地裏を歩いていた。今週は仕事にあぶれたために暇だ。そこで近くの図書館に新聞を読みに出た帰りだった。ワイシャツ姿でサンダル履きのラフな出で立ちである。

前田は六十五歳、独身。戸籍も住民票も台東区にある。つまり東京生まれの東京育ち。ただし八年ほど前までは北国の水産加工工場に勤めていた。その工場が潰れたために地元に戻ってきたのだ。

五郎の年齢で新たな職をみつけるのは至難の業だった。だからハローワークで紹介される週単位の肉体労働で糊口をしのいでいる。両親はとっくに他界し、兄弟も親戚もいない。つまり天涯孤独の身の上で、住んでいるのは電気街を奥に入った安アパートだ。

人影がまばらな路地裏をアパートに向かって歩きながら前田は溜息を吐き、足を止めた。午後三時を回っているが食事がまだだった。なにか旨い物でも喰いたいところだが、仕事もなければ金もない。それに数日、体調が悪かった。

なぜか夜中にうなされて目が覚める。体がだるく、息切れと動悸(どうき)が激しい。よほど悪い夢でも見ているのかと思ったが、なにも覚えていないのだ。

前田はまた溜息を吐くとアパートで冷や飯をかきこもうと決めて、だるい体を進めようとした。すると路地裏にぺたりと落ちている物が目に留まった。

千円札だ。前田はかがみ込んで拾い上げる。自身のささやかな幸運に微笑(ほほえ)んだ。これはついていない俺への神様のちょっとしたプレゼントだな。これでなにかおかずを買って昼飯にしよう。

そう考えた前田は角を曲がった。すると雑居ビルに挟まれた細い路地のどん詰まりに奇妙な店が見えた。

間口一間(けん)にも満たない木造バラックといってもよいような店だ。表に煮染(にし)めたような暖簾(のれん)がかかり、ラーメンの文字が染め抜かれている。そして店の前の立て看板には三百円と大書されている。

こんなところにこんな店があったかな。疑問を覚えたが手に千円札を握りしめた前田はふらふらと店の前まで近づいた。というのも店の玄関が開いていて、そこから覚えがある、独特の香りが鼻に届いていたのだ。

東京だというのに珍しいな。そう感じた前田の心は、拾った千円で昼食に与(あずか)る方に傾いていた。あらためて視線を巡らすと店は一メートルほど段差がある駐車場にあり、縁石が並んでいる。

都合があって仮店舗としてバラックで営業しているのだろうか。店構えに違和感を感じたが、なにしろ一杯三百円だ。その安さに前田は暖簾をくぐった。

店内はかなり狭い。天井は低く、カウンターのみで丸椅子が三つ。窓もない。屋台に毛が生えたような様子だ。薄暗く蛍光灯が灯る中、入ってすぐの椅子に座り、前田は「ラーメンひとつ」と注文した。

カウンターの中も人ひとりが立っているので精一杯といった風だ。老年の店主がうなずいただけで愛想の欠片もない。鍋の蓋を取ると煮えたぎった湯に麺を一玉、放り込んだ。

店主が丼に醤油の返しを入れ、スープを注ぐと、目当ての一杯を仕上げて前田の前に置いた。立ちのぼる湯気から、かつてよく嗅いだ香りが鼻に届く。前田は微笑むとレンゲで、まずスープをすすった。するとポケットに突っ込んでいた携帯電話が鳴った。

レンゲを片手に表示されている番号を見る。まるで覚えのない相手だった。だが仕事に出るたびに誰彼となく、働き口があったら連絡してくれと頼んでいた。千円拾った幸運がまだ続いているのかもしれない。そんな思いで前田は電話に出た。

「前田五郎さんかい？」

「ああ、そうだが」

「今、どこだ？」

「秋葉原だが。あんたは？」

聞き憶えのない声だ。だが仕事の話なら喉から手が出るほどなのだ。前田は続く言葉を待った。

「誰というほどでもない。ただ、あんたを呪っている人間だ」

「あん？」

唐突な返答に前田は意味が摑めなかった。

「前田さんよ、あんたここんところ、調子がよくないだろ。それはな、俺が呪い続けているからなんだよ。そしてな、その結果はもうすぐ出る。あんたに大変な災難が今からふりかかるんだ」

「なにいってるんだ？　呪う？　なんの理由があって？」

話についていけない前田は頭に浮かぶ疑問を立て続けに口にした。

「これから、ひどい災難がある。二度と御免だという出来事が、あんたの身にふりかかる。それもすぐに」

「お前、誰だ？　なにいってる？」

「くるぞ、くるぞ、くるぞ」

電話の向こうで男の声が熱を帯び、叫びとなった。同時に激しい音響。途端に足下がどすんと突き上げられ、ぐらぐらと激しく揺れた。カウンターのラーメン丼から汁がこぼれ、ざっと前田の胸に飛び散った。

　スープの熱さなど構っていられなかった。前田は恐怖のあまり、携帯を握ったまま、立ち上がっていた。言葉にならない声で叫ぶと店を飛び出す。まさか、東京が。前田の脳裏は赤い炎、黒い渦に包まれ、地獄絵さながらとなって呑み尽くされていく。

　必死で細い路地を走る前田の胸が突然、強く締め付けられた。巨人に心臓を鷲づかみにされたように痛みが走り、呼吸が出来なくなる。

　それでも部屋に帰ろうと最初の路地へとよろけながら角を曲がった。だが足に力が入らない。前田はその場にくずおれた。

　苦しい。胸がちぢこまったまま、鉄のように固まっている。前田は道路に横たわり、誰かに助けを求めようとした。だが呼吸が出来ない。顔が真っ赤に充血していくことだけが分かった。

「あんた、大丈夫かね」

　前田の顔をのぞき込む顔があった。老人といってよい男。どんぐりに手足が生えたようなちんまりとした体軀。そこまで前田は理解したが、酸素不足の金魚のように口をパクパクさせることしかできない。どんどん意識が薄れていった。

「こりゃ、まずいな。今、救急車を呼んでやるわい」

●現場図

雑居ビル街
店
駐車場
雑居ビル街
✖前田五郎

男がそう告げたとき、前田はなんとか相手に一言だけ伝えていた。

「呪われた」

「あ痛っ」

男は緊急電話をかけながら悲鳴を上げ、首筋に手を当てた。前田が意識できたのはそこまでだった。持っていた携帯が手の平から落ち、全身が脱力した。

「なんじゃ、秋葉原に蜂かね。刺されちまったよ。しかし東京の自然も、まだまだ捨てたもんじゃないってわけだあな」

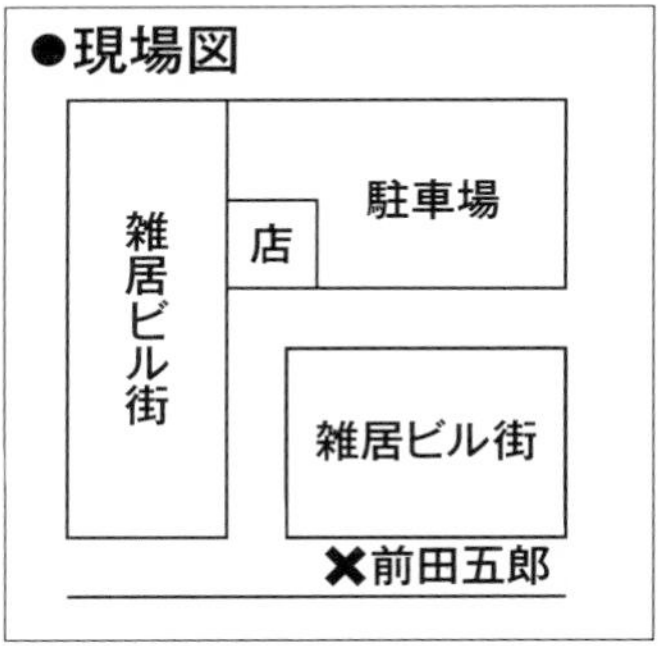

男の口調はやけにのんびりとしている。だが前田の意識はすでにない。だから男の言葉も耳には届かなかった。

栗栖アメリの勤める大学病院は本郷(ほんごう)にある。そこに変死体専門班であるサーカスのメンバーが集合していた。機動捜査隊の大河原、森田の姿もあった。

「お姐(ねえ)ちゃん、ざっと、今いった次第だったんだわ。わしがビデオ撮影の機材を買いにいったら、さっきの男とばったりって寸法なんじゃ」

解剖を終えていたアメリに向かって廊下のソファに座った森田が、男との出会いをざっと説明し終えたところだった。

「大黒、そんなわけで爺（じい）さんから俺に連絡が入った。同行していた救急車で男を最寄りのここに運び込んだが、搬送中に死亡した。それでアメリに解剖を頼んだわけだ」

「それで、さっきの男は誰なんだ」

大黒が大河原に確かめた。

「決まってるだろ？　前田五郎だ。持っていた携帯電話の契約で分かった。第一、お前たちが遭遇する死体は、このところ、前田五郎ばかりだろうが。この名義で契約があるかどうか、先に確認しちまったよ。住まいは秋葉原の電気街の奥だ」

「アメリ、死因は？」

「他殺の線は薄いわよ。外傷はまるでなし。刺殺でも撲殺でも絞殺でもない。毒物も薬品も検出されてないの。森田の目撃談だと、道路を走ってきて倒れたのよね。自殺の線もないわ」

「すると病死か」

「それが濃厚ね。いわゆるショック死って考えられるわ。だけどね、ショック死ってのは、びっくりするから死ぬわけじゃないの。なんらかの理由で急に臓器が動かなくなったことで死亡するのよ。たとえばお蕎麦（そば）を食べて死んじゃう事件があるけど、あれはあまりのまずさにショックを受けたんじゃない。アレルギーを起こして心臓が止まるの」

「腹上死ってのもそうなのか。俺は最期を迎えるなら美女を抱いてがいいが、苦しいのか」

鑑識の数之が茶々を入れた。

「チビフグ、苦しくない最期なんて世の中にないでしょ。人間は生きてるだけで苦しい。死は今まで生きてきたすべてを無に帰す罪滅ぼし、苦しくて当然よ」

「それでこいつはどんなショック死なんだ」

大黒は確かめた。

「この人の場合は、いわゆるブロークンハート症候群ね。心原性のショック死。アドレナリンがひどく分泌してた」

「持病があったのか？」

「いいえ、いたって健康で頑強。肉体労働でもしていたんじゃない？　狭心症や心筋梗塞、動脈瘤といった疾病はゼロ。でも健康体の人も突然死することはあるわ。例えばエコノミークラス症候群もそうでしょ」

「ふふん、失恋症候群だと？　恋に焦がれて命を落とすなんて歳には見えないぜ。ショック死ならブロークンハートじゃなくてチキンハートだったんじゃないか」

「チビフグ、ブロークンハート症候群は極度の精神的なストレスでアドレナリンが分泌しすぎるの。それで突発的に心臓の筋肉が収縮しなくなり、血圧が下がってショック状態になる症状なの。そのときの心臓の形が蛸壺に似てるから、日本じゃ、たこつぼ心筋症って呼んでる」

「へへ、蛸壺か。まだお相手してもらったことはないが、どんな感触なんだろ？」

「試してみる？　ただしわたしを満足させられるんならだけど」

「遠慮しとくぜ。お前が相手じゃ、こっちが過労死する」

「そういや、昔、プロレスラーのブラッシーがグレート東郷に執拗にかみついて流血した試合があってな。それをテレビで見てたご老人が何人もショック死したことがあったわい。そんな風なんだな」

アメリの一連の説明から前田の死は自殺でも他殺でもない様子だ。

「大河原、病死ってことなら俺たちを呼び出さなくてもよかったんじゃないか？」

「大黒、さっきの男が最期に、なにをつぶやいたか、聞いたよな」

大黒は苦い思いになった。大河原の言葉はこの世でもっともありえない殺人を意味している。

「森田さん、本当に前田さんは呪われたといったんですね」

「それは絶対じゃ。いつものように危ないなと思ったからシジミのように耳を澄ましていた」

「爺さん、そりゃ、味噌汁だ。澄まし汁じゃない。それにシジミは貝だ。耳を澄ますんじゃなくて口を閉ざすんだ」

「数ちゃん、シジミにはお澄ましもあるぞ」

古来、人類は誰かを呪い殺すことに執着してきた。日本なら丑の刻参り、海外なら黒魔術。だがロケットが小惑星に飛び、クローン細胞で羊が出来上がる科学の時代だ。呪殺など赤ん坊でさえ鼻で笑うだろう。

それ故に呪殺は罪に問えない。いわゆる不能犯だ。科学的に考えて死の危険を発生させないところから、仮に相手が死亡しても未遂犯にもならないし、民事的に損害賠償の責任も発生しない。犯人が自白したとしても現行法では刑事事件は自白だけでは有罪にならないのだ。

ただ問題は周到な計画によって他殺を呪殺と装っているケースだ。きわめて健康な人間に、ショック死するような極度のストレスを与えて死へと至らせる。それが事実なら厄介だ。今までで一番の難事件だ。

むろん病死の線が濃厚だろう。ただ死亡したのが前田五郎だったのが大黒は気になった。このところ、変死している前田は、いずれも他殺だった。今回も今までと同じなら突発的な死を迎えた前田は、現場で異変を迎えたことになる。大黒の脳裏はアルミ箔を丸めたように皺くちゃになった。

「森田さん、前田さんは道路を走ってきたといいましたが、どこからきたんですか」

「路地からわしのいる方へ曲がり角を曲がってきたな」

「なにか変わった点は？　そのとき他に誰かいましたか？」

「特に変わった点はなかったな。携帯電話を握ってただけだぞ。わしも角の向こうを確かめたが他には誰もおらんかった。死んだ男、一人だけだ」

森田の証言によると特に怪しい点はない。だが大黒の脳裏にひとつの言葉が浮かんでいた。

「数之、ＭＭＭについてどう思う？」

「へへ。前田の殺害をサポートしているらしい奴だな。神戸流星会を動かせたり、米軍ヘリの部品を手配できたり、事実ならけっこうな大物になるが」

数之も同様の推理が浮かんでいるらしい。

「ＭＭＭね。どこの誰かしら。海外の人間、マイク・モーガン・マーシャルって名前の頭文字」

「前田ばかりを殺してるんだぜ？　マエダ・マーダー・マンなんてどうだ？」

「数ちゃん、今、ＭＭＭっていったかね。そういや、わしの家の壁にも同じ言葉の矢文が刺さってたぞ」

「爺さん、矢文だと。戦国時代じゃあるまいし。いつのことなんだ」

「ほれ、サンタクロースの事件があっただろ。あのときじゃ。これ以上、前田に近づくな、MMMって書いてあった。そんなことといわれてもな。わしが前田に近づいてるんじゃなくて、向こうからやってくるのに」

森田が思わぬ情報を補足した。MMMは森田にまで警告していたのだ。なにが狙いなのだろう。大黒の脳裏にもやもやとしたものが湧いた。

「大河原、現場はどんなところなんだ」

「前田が倒れていたのは路地裏だ。その角を曲がると細い道の先が駐車場になってる。辺りは雑居ビル街だから前田がどこかから出てきたとしたら、ビルのどれかだな」

厄介だ。呪われたなんて言葉を残さなければ、病死で済ますことができた。できればそうであってほしい。しかし確証を得るには調べが必要となるのだ。

「詳しい場所を聞かせてくれ。確認に向かう。数之は前田の所持品の鑑識作業を頼む。アメリは呪殺について調べておいてくれ」

そこで大黒は今までの前田五郎の事件を思い返し、念のために付け足した。

「アメリ、今まで死亡した前田五郎の遺伝子はすべて保存されているか」

「ふふん。面白そうね。つまりDNA型解析か。死亡した前田たちは互いに関係性があるかどうかかね。科捜研に回しておくわ」

大黒が付け足す前にアメリが推理を察したように答えた。

大黒は前田の顔写真を携えて死亡した秋葉原の路地裏を聞き込みに歩いた。前田がどこからきて路地で倒れたか、雑居ビルを丹念に聞いて回ったが情報は得られなかった。最後のビルを出て路地のどん詰まりで大黒は立ち止まった。縁石の向こう、一メートルほどの段差の下はがらんとした駐車場が広がっているだけでなにもない。

手がかりらしいものが得られず、大黒は路地を前田が倒れた現場の方にとって返した。アスファルトの道路に膝をつくと視線を凝らす。

特に怪しいものは見当たらない。周りを見回しても恐怖に心臓が凍り付くほどの看板も装飾もない。プロレスのリングもだ。なにかが前田にショックを与えたのは科学的に正しいのだろうが見当がつかなかった。あきらめて大黒は立ち上がろうとした。するとふと鼻に甘い香りが漂った。

目を閉じてそれを鼻腔(びこう)で確かめる。甘いだけでなく、さわやかな匂いだ。大黒は再び視線を走らせた。すると道路の端にハチミツとレモンをミックスさせたので人気のジュースの空き缶が数個、転がっていた。空き缶の周りにはジュースらしき水たまりができている。

これだろうか。ジュースに解剖しても検出されない毒物が入っていたのか。だが森田の目撃談には前田が飲み物を持っていたという話は出なかった。大黒は念のために空き缶をひとつ回収すると前田のアパートに向かうことにした。

「前田さんが亡くなった？　急な話だな。交通事故かなにかですか」

「いえ、どうもショック死らしいのですが、ここ数日、前田さんはどんな様子でした？　調子が悪そうでしたか？」

「今週は会ってないから分からないな。でも先週、会ったときは特に病気らしい風ではなかったですよ。道路工事のガードマンをしていたみたいで、元気そのものでしたけど」

今、話をしているのは隣室の住人だ。少し前、大黒は到着した安アパートで管理人に前田の部屋を開けてもらった。前田はここで八年ほど前から天涯孤独の身の上で暮らしていたという。

部屋には争った形跡も泥棒に入られた様子も見受けられなかった。そもそも部屋に盗んで金になりそうな物はなにもない。

クーラーはおろか、洗濯機さえ、見当たらず、せいぜいが小型テレビと古い冷蔵庫ぐらい。質屋に持ち込んでも小銭にもならず、むしろ有料ゴミの料金を請求されるだろう。

大黒は窓を開けて外を確かめた。秋葉原も奥にくると浅草（あさくさ）に似て、昭和の匂いをさせる住宅が建て込んでいる。だがその風景も前田の突然死には無縁だろう。ここでなにかがあったとすれば、前田はもっと近くで死んでいるはずなのだ。

大黒は窓を閉めて部屋を出ようとした。サッシ戸に手をかけたとき、目に留まる物があった。洗濯物を入れるネットだ。それが軒先にいくつか吊るされている。

ふと疑問が湧いた。前田は洗濯機を持っていない。洗濯ネットは洗い物が駄目にならないように繊細な繊維や刺繍が施された下着類を入れる。主に女性が使うもので、男やもめの前田が使うとは思えなかった。

そこで大黒は隣室の人間に前田の人となりを聞き込むことにしたのだ。大学生だと述べた相手に大黒は続けた。

「前田さんに付き合っている女性はいましたか」

「いや、僕の知る限りはいないですね。俺はもてないっていつも愚痴ってましたよ」

「軒先に洗濯ネットがあったんです。前田さんは洗濯には神経質だったんですか」

「ああ、あれ。あれは干物を作るためですよ。いつだったか、ホヤの干物をわけてもらったことがあります。なんでも知り合いがたくさん送ってきたからお裾分けだって。親切な人ですよね。北の人は無口だけど心はやさしいよな」

「え？　前田さんは北の人？　でも戸籍も住民票もこの台東区ですよ」

「そうなんですか。てっきり北の人だと思ってましたけど。ホヤなんか、こっちじゃ、めったに食べませんでしょ。干物になるのさえ、しらなかった」

隣室の大学生の証言に、もやもやとしたものが大黒の脳裏に湧いた。前田は北に詳しいのかもしれない。しかし詳細は大学生も把握していないようだった。

「ここしばらく、前田さんに変わった点はなかったですか」

「変わった点ですか。そういえば数日前から前田さんの部屋でなにか音がしてたな。ざあざあいうノイズみたいな。なにを聞いているんだろうって思いましたが」

大学生の答はさらに大黒の疑問に輪をかけた。前田の部屋には小型テレビ以外の音響機器はなかった。ラジカセもＤＶＤも。ノイズならテレビの音でもないだろう。一体、前田はなにでなにを聞いていたのか。

「ショック死って、前田さん、どんな様子だったんですか」

大学生が当然の質問をしてきた。しかし呪い殺された可能性があるとは口に出せなかった。大黒はアパートの聞き込みをここまでにして本庁に帰ることにした。そこへ情報端末が鳴った。機動捜査隊の大河原からだ。アパートから少し歩いて大黒は電話に出た。

「えらい騒ぎになってる。マスコミ各社が詰めかけてるんだ。新聞社、通信社、雑誌社、あちこちに今回の事件についてファクスが届いたそうだ。急いで戻ってくれ。担当はお前だろ。対応は任せる」

口走る大河原の電話の向こうから騒いでいる声が届いた。本庁の人間らしい。どうも今回の展開は早い。こちらが後手に回っている感が大黒の胸に焦りを湧かせた。

戻ると本庁前は取材陣でごった返していた。テレビカメラも据えられている。表から入ろうとすると「大黒さん」と声がかかった。振り返ると見知った番記者だ。あわてて裏に回って通用口から中に入った。

事件に関する詳細を会見以外で漏らすのは御法度だ。それにまったく調べがついていない。漏らすどころか、なにも溜めていないのだ。話したくても不可能だ。大黒はデスクに戻る前に鑑識課に寄った。

「よう、色男。大人気みたいだな。紅白歌合戦はどんな衣装で出るつもりだ？　巨大ロボットか？　何メートルもある羽根飾りか？　小林幸子にあったらサインをもらっといてくれ」

「無駄口はいい。鑑識結果は出たか」

「まだだ。気になる点があって前田の着ていたワイシャツを、家政学の観点から調べるように科捜研に頼んだ」

「気になったってのは？」

「胸元がべっとり濡れてた。前田が牛なら涎で済ませられるが、残念ながらアメリによると胃袋はひとつだったらしい。それにあれだけ濡れるなら涎でも涙でも胃液を戻したのでもないだろう。胃袋がもっとあれば別だが」

「ショック死しそうな液体か？」

「だったら俺はここにいない。うまそうな匂いがしたから、しゃぶってみたんだ。俺の舌によると醬油ラーメンの汁だ」

突然死した人間の衣類を口に入れるとは数之も常軌を逸している。しかし危険だと忠告しても聞く耳を持たないだろう。なぜなら常軌を逸しているからだ。

いずれにせよ、数之がしゃぶっても無事ならばラーメンのスープが死因ではないだろう。ただし倒れる前に前田がラーメンを食べたことは分かった。濡れていると判別できるなら、それほど時間は経っていない。

数之の言葉に大黒は先ほどまでいた現場を思い浮かべた。路地裏とそこを曲がった先。調べに歩いた近辺にはラーメン屋は一軒もなかった。

もっと別の場所で食べたのだろうか。それに前田がべっとりするほど胸元をスープで汚していたのも気にかかる。かなり不器用な人間だったのか。あるいはラーメンスープを浴びながら歩く趣味だったのか。

「しゃぶってみて思ったんだが、単なる東京ラーメンじゃなさそうなんだよな。ラーメン通の俺の判断だと、微妙な隠し味が仕込まれてる。そこで成分を念入りに分析して、どんな一杯か判断してくれと科捜研に頼んだ」

「そうか。この空き缶の成分も分析しておいてくれ。現場に落ちていた」

「ハチミツとレモンのジュースか。これ、人間だけじゃなく、蜂にも人気みたいだぞ。いつだったか、公園で飲んでる奴が蜂にまとわりつかれていたのを見たことがある。柑橘類と蜜の香りに誘惑されるんだろうな」

ジュースの缶を受け取りながら数之は紙片を一枚、突き出した。

「大河原からだ。今回の事件に関してマスコミ各社に送られたファクスのコピーだとよ」

「奴は？」

「別件で機動捜査だとぬかしてたが、トンズラだろう。釣りに行ってるんじゃないか」

大黒は手渡された紙片に目を走らせた。

『報道機関の皆さんへ

わたしったら、前田五郎さんを呪い殺しちゃったんです。今日の午後三時、わたし、彼を電話で昇天させちゃった。だって誰もわたしのことを信じてくれないんだもん。わたし、凄いんです。呪術師として、誰にも言えないようなことをいろいろ体験して、相手を呪いで昇天させちゃうまでのテクニシャンになっちゃった。でも、わたしの呪術がどんなに凄いか、みんな信じてくれないの。だからわたし、このテクニシャンぶりを認めてもらいたくて、前田五郎さんを呪い殺すことにしちゃったんです。大胆で恥ずかしいけど、わたし、それまで彼のことはまったくしらなかったの。そんな初対面の人を昇天させるなんて、はしたないですよね。でも今回は、そのとき限りの関係じゃないと駄目なんです。だって彼を殺す動機がなく、彼の詳細（人相や住所その他）もしらなくて、二人が本当に赤の他人だからこそ、彼が昇天したのはわたしの呪いしかなかったってい
えるんだもの。

それでわたしね、三日前、誰かを呪い殺しちゃおって決めて、自分の携帯電話で適当に番号をプッシュしたの。そしたら五郎さんにつながって。彼ったら、すごく元気な声だし、精力が強そうだなって分かった。だから、わたしその日から五郎さんを秘密のパートナーにすることにしたの。きっと五郎さんは夜ごと、悶絶(もんぜつ)してたと思う。だってわたしが電話で激しく呪っちゃったから。

あのね、わたしが電話で相手を呪い殺すテクニックを編み出したのは、たまたまネットに、女子高校生が携帯電話を命の次に大事だと書き込んでいるのを発見したからなんです。ムラっときちゃった。確かに今の人は誰でも携帯電話を肌身離さずに持ってるもの。それがなくちゃ、我慢できないって感じ。起きているときはポケットに、寝ているときも枕元に。まるで携帯電話は本人の分身みたいでしょ。だったら内緒の話や秘密の体験を囁(ささや)いている携帯電話には、本人の言霊(ことだま)も挿入されていることになる。だから相手の番号に連絡すれば、つながっていなくても電話に呪いの言葉を浴びせれば、本人にい

やらしいことをしているのと同じだって分かったの。それでわたし、これを必殺トークプレイって呼ぶことにした。

わたし、三日間、五郎さんにいやらしい言葉を浴びせちゃって彼が昇天寸前だなって手応えを感じました。それで今日の午後、彼がいっちゃうまで呪いを放ってみた。五郎さん、そのとき、たまたまわたしの電話に出て、わたしったら、彼がいっちゃうときを聞くことができたの。凄かった。彼、わたしが呼びかけても答えられないほどだった。それでそばにいる誰かが緊急電話しているらしいなってことも伝わってきたの。だから、わたしが電話でほんとうに五郎さんを呪い殺したって証明するために、はしたないけれど、この告白と一緒に彼との携帯電話の通話記録をつけておきます。わたしの写真も出します。みんなに記録や写真を見られちゃうけど、五郎さんをいかせちゃったのがわたしだって分かってもらうためだから。それと精力家だった彼が突然、最期までいっちゃったんだから、突然死した変死体として警察に通報されて彼の体が隅々まで調べられてるはずです。最後の電話で五郎さんは秋葉原にいるといったから、警視庁が担当してると思う。

わたし、彼をやっちゃうとき、恥ずかしいけど、できるだけ都心から距離がある、お外でいやらしい言葉を浴びせたんです。わたしがいたのは国立(くにたち)駅からほど近い喫茶店ロザンナ。彼がいっちゃったとき、わたしの周りにはお客さんが数名と店長さんもいたので、わたしの写真で五郎さんとは本当に電話だけの関係だって証明できると思います。だから、ここまでの話を確かめて、わたしが五郎さんを呪いでいかせちゃったたって報道してほしいんです。半信半疑ですよね。きっと警察もわたしのいやらしい主張なんか受け入れてくれないですよね。だからわたし、今夜、またやっちゃいます。いやらしいけど、下記の場所で生身のわたしが記者会見します。そのときの、警察へのいけない発言も考えました。だから、みんな、どうか、見にきてください。最後に付け足します。呪術は凄いんです。科学が絶倫って価値観は間違いです。ましてや核の抑止力など発射しないことを前提にしたプレイ。それに原子力は快感を発電しないわ。すべてのダムはアダムの園。ビーバーこそ神です。ぢゅんと悔い改めてね。

ビーバー教大呪術師　坂田利夫こと魔法の坂田』

わたしとあるが差出人は男らしい。かなり宇能鴻一郎の影響下にある犯行声明だった。ファンなのだろうか。偉大な小説家なのは確かだが、しかし内容は本来の艶っぽいものではない。殺人の告白なのだ。大黒が読み終えたのを確認して数之が続けた。

「すでにこいつが国立の喫茶店にいたことは所轄の捜査員が確認した。確かに前田が死んだ時間、喫茶店にいて電話で会話していた。その時の通話記録も書いてある通りだ」

「マスコミはその裏を取って押し寄せているわけか」

「らしいな。担当部署の会見か、捜査員の話を聞かせろと引く気がないぞ」

「上はどうするつもりなんだ？」

「会見もコメントもノーだ。どう考えても売名行為だから相手にしないつもりらしい」

「だったら俺の出番はない」

「いや、それは表立っての話だ。課長から必ず伝えろと伝言された。厳命だそうだ」

そう告げると数之は小型ボイスレコーダーのスイッチを入れた。上司の言質を録音する、数之の抜け目のなさはおそれいる。

『大黒への伝言ですね。間違いがないようにもう一度、お願いします』

『何度も言わせるな。ちゃんと聞いておけ。いいか、今回の一件は警察の威信に関わる。法曹界すべてにもだ。スチャラカ呪術師野郎の発言は受け入れられん。受け入れれば中世の暗黒時代に逆戻りだ。科学という価値観が消えれば魔女狩りも許されることになる。大黒に伝えろ。なんとしても事件の詳細を把握して他人を呪い殺すことなど不可能だと立証しろと』

スイッチを切った数之が告げた。

「アメリの解剖結果や森田の爺さんの目撃証言など、上に概要を説明させられた。その上でこの課長の言葉だ。思うんだが、こいつはもっと上層部から圧力がかかってるんじゃないか」

「数之、お前、電話で人を呪い殺すことができると信じるか？」

「信じたいな。これが本当ならバチカンに奇蹟認定班を派遣するように要請する。ただアメリが呪殺について電話してきた。実例があると」

「本当に呪いで人が殺されたのか」

「心理学の領域でいわれるノーシーボ効果とかだ。偽薬を真薬といつわって服用させると効き目がある、プラシーボ効果ってのがあるだろ。あれの逆」

「マイナスの効果か。どちらでも認知によって体に反応が出るんだな」

「ブードゥー教って特殊な宗教があるよな。あの信者は呪われると死ぬと信じている。それに別の実例もあるそうだ。アメリカで、ある死刑囚に体から一割ほどの血が出ると死亡すると説明しておいて、ノーシーボ効果の実験をしたらしい。死刑囚に目隠しして手首を軽く切って、一時間ごとに出血している量を説明した。すると一割に達したところで死刑囚は死亡したそうだ。だが本当のところ、手首からは血は一滴も出ていなかった。あたかも出血しているようにぽたぽたとお湯を垂らす音を聞かせていただけ」

「死ぬと信じていると死亡するのか」

「らしいな。だが俺は呪殺の方を支持したいね。おもしろくなってきた。今夜の奴の記者会見に忍び込むなら付き合うぜ」

　数之がほくそ笑みながら付け足した。

「そうそう。遺伝子解析の方は少し時間がかかるらしいぞ」

「あんたたち、数ちゃんと大黒さんだな？」

記者会見が開かれるホテルの会場は報道関係で寿司詰め状態だった。大黒と数之は身元を隠すために黒ずくめのスーツにサングラス、大きなマスクを着けていた。しかも出来るだけ目立たないように壁際の最後部に控えていたのだが横手から正体を告げる声があったのだ。

「なぜ森田さんがここに？」

にこにこと笑みを浮かべて森田がこちらを見上げている。

「そりゃ、前田を呪い殺したって噂がネットで持ちきりだ。そこへ記者会見するとなりゃ、ホラーファンとしては捨ててはおけんじゃろ」

隣に立った森田は正面に目を凝らしている。前方にスチールデスクが置かれ、報道機関のマイクやボイスレコーダーが小山になっていた。

座っているのは一人の小柄な男。白装束に大きな数珠を首にかけている。年齢にして六十代だろう。薄い髪に皺だらけの顔。一見すると蛸を思わす容貌だ。

「会見を始めます。私がビーバー教大呪術師の坂田利夫こと魔法の坂田です」

男は自己紹介から話を切りだした。

「今回の前田五郎氏殺害はファクスでお伝えしたように、私が仕組んだ電話による呪殺です。それが明白であることは添付した通話記録や私が喫茶店にいたことで証明されています」

一斉にカメラのシャッター音が響き、フラッシュの光がまたたいた。

「ですが、今回の殺人の自白に対して警視庁はまるで耳を貸そうとしません。こちらを事情聴取さえしない。私を大嘘つきか、売名行為を目論んだペテン師のようにとらえています」

「呪殺は本当ですか？」

「これまでも実行しているのですか？」

「犯行は科学的に立証されない、不能犯と理解した上でのことですか？」

てんでに質問が飛ぶ。

「皆さんがまだ半信半疑でいることは私も理解できます。また警視庁の対応も前例のない事案だけに困惑しているのでしょう。ですが科学絶対の時代はもう終わりを迎えつつあります。それを世間に告げるために私はここにある提案をいたします。いわば警察への挑戦状です」

坂田はそこで言葉を切って会場の人間を見回した。

「本当に電話で人を呪うことができるのか、テレビで生中継するのはいかがでしょうか。

別室にいる私と相手を二元中継して相手が呪われる様子を公開する。むろん録画が残るでしょうから私の話が真実だと検証できるはずです。もちろん本当の最期までとはいいませんが」

シャッター音が立て続けに鳴り、フラッシュが光の渦となった。報道関係の中でもテレビ局の人間が大騒ぎしている。ぜひ、本局でそれを。いや、うちで。とんでもない、うちが一番のギャラをはずみますと声が飛ぶ。

マスコミは貪欲だ。中でもテレビ屋はハイエナのような面がある。坂田の言葉は相手を呪うとしか告げていない。しかしその実、言葉の裏を察し、人が呪いで殺される生々しい現場を番組にできるかもしれないと理解しているのだ。

「問題は私が呪う相手ですが、前田五郎氏と同様に私とはまったく無縁であることが必要でしょう。そこでここに集まった方々の中から誰か指名したいと思います」

そう告げて坂田は立ち上がると会場を眺め回した。

「あなた。最後部の壁際にいる男性。あなたを指名します。お名前は？」

「わしかい？　森田儀助じゃ」

坂田の指がこちらに向いた。

「では、あなた。よろしく。できれば警察関係の方とご同行いただきたいですね」

坂田による呪術ショウは民放が共同で放送する緊急特別番組となった。記者会見からわずか二日後である。坂田は会見の翌日を強く希望したが、さすがにそれは難しい。それでも奴の意向が強く働いたのは確からしい。

坂田と前田、加えて森田がまったくの無縁であることはすでに調べが付けられていた。大黒が内密に関係方面に打診したのだ。坂田の住所は摑んである。ビーバー教は東京郊外に事務所を構えている新興宗教だが、信者はおらず、坂田が加持祈禱(かじきとう)の類であぶく銭を儲(もう)けているという。

警察だけでなく、報道関係も裏取りはしているだろう。でなければ今回の番組は成り立たない。まったく無縁の人間同士だからこそ、呪殺かどうかの実験になるのだ。

ただし今回の前田五郎の事件が一連の前田五郎殺害と関係しているならば、なんらかの裏がある。その点について捜査を進めたいと大黒は思ったが、まったく尻尾(しっぽ)が摑めなかった。だからこの番組でなにかボロを出し、それによって坂田を逮捕できれば芋蔓(いもづる)式に進展させられることを期待していた。

「へへへ、晴れの舞台だから靴を新調しちまったわい」

午後七時半、控え室に陣取る森田はテレビ出演もあってか、スーツ姿で革靴にネクタイの出で立ちだ。折り返しのあるズボンの裾を持ち上げて靴を自慢する。呪われる相手に指名されたというのに意にも介していない様子だ。その森田にアメリが尋ねた。

「森田、あんたホラーファンでしょ？　だったら人間が呪い殺される可能性を、ある程度は信じてるの？　心理学でノーシーボ効果ってのがあるんだけど」

アメリは医師として付き添いを買って出た。いつものように白衣にタイトなミニ。医者の介添えがあるだけでなく、呪いにお色気がプラスされることでテレビ局のスタッフは大喜びだった。

「お姐ちゃん、馬鹿いっちゃいけないよ。確かにわしゃ、ホラーファンだ。だけどね、あれは趣味なんだよ。要するにお遊びだ。真剣に信じてるなら趣味じゃなくて、宗教に走るだろうさね。第一、恐がらせる方が恐がってちゃ話にならんわ」

「体調はどうなの？　相手の呪いで二日間、うなされたりしなかった？」

「ぴんぴんしてるぞ。晩飯が遅くなりそうだから昼頃、牛丼大盛り二杯を平らげた。つゆだくでじゃ。さすがに腹がぱんぱんだわい」

森田の言葉は呪いを真っ向から否定している。健康状態は万全のようだ。一方で数之は別だ。

「こちらはハレルヤ富田さん。バチカンからたまたま帰国されていたので、協力をお願いした。あちらの司教だが名うてのエクソシストなんだぜ」

テレビ局の控え室にはサーカスのメンバーが集合していたが、メンバー以外にも見知らぬ顔ぶれが見受けられる。

「加えてこちらは恐山(おそれざん)のイタコさん。それから隣は熊野(くまの)の修験僧の方。あとは京都から陰陽師(おんみょうじ)の方を呼んでおいた。これだけ揃(そろ)えば、まず守りは完璧だろう」

黒い司祭服の男に白装束の女性、山伏(やまぶし)に平安衣装の男。テレビ局でなければ仮装行列そのものだ。ただし大黒を始めとする残りのメンバーが警察関係者であることは、テレビ局を始め、報道機関には内密にしてある。知人の応援団という触れ込みだ。

疑われることはないだろう。原則として警察が動き出すのは事件が勃発してからだとマスコミはしっている。前田五郎の呪殺は別として森田とのテレビ中継は捜査の対象にならないのだ。ただしなにかがあった際に、すぐに対応できるように目を配っておく必要がある。

「本番三十分前です。最終リハーサルをしますので一旦、スタジオへお願いします」

ドアの向こうから声があった。森田担当のアシスタントだ。一行は控え室からぞろぞろとスタジオへと移動した。廊下の先の鉄のドアを開けるとセッティングは完了していた。

森田が入るとアシスタントが中央へと誘導する。教壇を思わすひな壇に両袖の付いた椅子がひとつだけ。そこに森田一人を座らせる。前に机がないため、座るとずり上がったズボンの裾からご自慢の靴が一層、顔をのぞかせる。

ひな壇の右手には付き添い用の小椅子が用意されていた。そこに各自が腰を下ろした。

左手のテーブルにはメインキャスターと呪いに関する肯定派の超常現象専門家、否定派としてテレビ局が呼んだ科学者が構える予定だ。

バチンと機械音が鳴ると椅子に座る森田にスポットライトがいくつも注がれる。光量がおびただしく、森田は一瞬、目をしばたたかせた。カメラマンたちがそれぞれ異なる方向から森田を捉えて具合を確かめている。

「本番では森田さんにインカムをつけてもらいます。それで屋上の坂田さんと携帯電話で話してください。同時二元中継で会話の内容は二人のインカムから拾いますので普通に会話していただいて結構です」

「わしゃ、ただ話してればいいんじゃな」

「はい。付き添いの方は森田さんを見守る形ですが、エクソシストや陰陽師の先生方は自由に動いてください。呪いを打ち消す呪文や道具を使ってもらってもいいですよ。なにかご質問は？」

すでに局に入った段階で何度も受けている説明だ。アシスタントはこまめに連絡するタイプらしく、大黒にも事前に電話があった。各々は小さくうなずくだけだった。

「それじゃ、カメリハは終わりです。本番になったらお呼びしますから控え室へ戻って出番の準備をお願いします」

衣装や小道具の最終的なチェックを意味する言葉だろう。簡単な段取りの確認だけで全員は控え室へ戻るために腰を上げた。すると鉄のドアの手前で男が坂田と話していた。

「あ、森田さん。おはようございます。今回の司会の大越です。よろしく」

坂田と話していた男は、ときおりテレビで見かけるアナウンサーだった。本番前に情報収集をしていた様子だ。坂田が森田を見て、紙コップ片手に歩み寄ってきた。ぷんとコーヒーが香り立つ。

「森田さん。よくきてくれましたね。あなたの度胸に感謝しますよ。思い残すことは？」

「へへん。挑戦とあれば受けて立つ。これでも武道家のはしくれだからな。それにテレビ出演で、またわしのブログがどんどん人気になる。ネット広告の収入が楽しみってことじゃわ」

森田は坂田の言葉を意にも介さず、泰然としている。その姿をなめ回すように眺めた坂田が告げた。

「今生の別れです。最後の握手を」

坂田が手を差し出した。それを森田が握る。坂田が大きく腕を上下に振ったとき、手の紙コップからコーヒーがこぼれて森田の靴を濡らした。おかげで甲の部分がべっとりと黒く光っている。

「あんた、気を付けてくれよ。まだおろしたばかりなんじゃから」

憮然とした森田は坂田の言葉も待たずにドアを開けて廊下を歩き始めた。

「がさつな奴じゃわい。控え室に雑巾があったかのう」

森田はこれからの展開より、せっかくの装いが汚れたことを悔やんでいるらしい。番組に対しては茶番そのものと考えている様子だ。そこへ声がかかった。

「おじさん、靴、磨かせておくれよ」

廊下の端に靴磨きの少年が道具を揃えて座り込んでいた。今どき、靴磨き。しかもテレビの局内で、と大黒は訝しんだが視線を巡らせるとリュックを背負った軍服姿の人間やモンペ姿の女性やらが廊下の先にたむろしている。どうやらその手の撮影のエキストラだろう。

「今日はまだ稼ぎがないんだ。お父さん？　死んじゃった。お母さん？　病気なんだ」

少年は憶えさせられたセリフらしき言葉を口にしながら小箱から靴クリームとボロ切れを取り出した。

「坊主、泣くんじゃないわい。明日があるじゃろ。ほら、チュウインガムだ」

森田は少年の前にあった台に靴を載せるとポケットからチュウインガムを取り出して与えた。少年は微笑むとたっぷりクリームを塗り、最後にボロ布で靴を磨き上げた。

「いくらだい？」

「サービスしとくよ。リハーサルだから」

そう告げると少年は次の相手を捜すように廊下へ視線を走らせた。

「ははあ、テレビ局ってのは便利だわ。おかげで靴がぴかぴかじゃ」

森田は控え室に戻るとズボンの裾を持ち上げ一行に靴を再び自慢した。


「緊急特別番組『電話呪術ショウ。人を呪うと穴はいくつか』この番組は民放各社の共同でお送りします」

オンエアーの午後八時、メインキャスターの大越が高らかに宣言した。同時にテーマ音楽らしい勇壮な行進曲が流れる。スタジオの観客席で大きな拍手と歓声が湧いた。

「さて小槻教授、電話で人を呪うと効果があるのでしょうか。さらには殺すなんて現実に可能なんでしょうか」

「無理だ。人間が死亡するほどの電圧か火炎を放射する電話なら別だが。呪いに物理的な質量はない。つまりエネルギーではないので、なんの影響も与えない。もしもプラズマ現象が関係しているなら話は変わる」

「いやいや、古今東西、呪い殺された人物、呪い殺した人物は山ほどいますよ。近いところでは怪僧ラスプーチン。第二次大戦ではヒトラーを呪い殺すために西側が魔術作戦に出た。現代の科学が超常的な現象を解明できていないだけですよ。呪殺は源氏物語にだって取り上げられてます」

否定派、肯定派がさっそく持論を開陳する。

「スタジオには坂田呪術師の挑戦を受けて立つ森田儀助さんがお越しになっています。森田さんは七十歳ですが、付き添いのかかりつけのお医者さんから、いたって健康。五十代の成人男性と変わらない身体能力とお墨付きをいただいています。持病もないところから、ご自身を原因とする体調悪化は起こりません」

大黒らの前に据えられたモニターに、インカムを付けて中央の椅子に座る森田、続いて付き添い席のアメリのアップが映される。キャスターの言葉は事前にアメリによってなされた健康診断の結果だ。

「放送倫理上、場合によってはドクターストップがかかる場合もありますが、テレビ史上初の実験です。いけるところまでいきましょう。ドクター、よろしくお願いしますね」

モニターにミニスカートで座るアメリの太腿がたっぷり大写しにされる。

「屋上のあさひさん。そちらはいかがですか」

画面が切り替わる。テレビ局の屋上にアシスタントの女性が坂田と並んで立っている。

「こちらは準備ができています。後ろをご覧ください」

アシスタントが指し示した背後には大きな護摩が焚かれていた。夜空へ炎が上がる中、白装束に大きな数珠を首にかけた坂田が片手で印を結ぶ。

「ビーバー教大呪術師、坂田利夫こと魔法の坂田です。テレビの前の皆さん、私の電話による呪術、必殺トークプレイの技をしっかりと見ていてくださいね。そして私の呪術が本物であると心に刻んでいただきたい」

インカムを通じて坂田の声がスタジオ内に流れる。そこで坂田は携帯電話を胸元から取り出した。モニター画面が二分割された。ひとつはスタジオ内の森田。もうひとつは屋上の坂田。二人の様子を同時中継で捉えている。

「スタジオには森田さんの応援団としてエクソシスト、陰陽師、修験僧、イタコの方々が集まっています。皆さんはそれぞれのお力で森田さんへの呪いを跳ね返す心意気です」

座っていた椅子からそれぞれが立ち上がった。森田を捉えていた分割画面に一人ひとりが映されていく。十字架を握った司教。なにかを書き付けた紙片を持つ陰陽師。修験僧は錫杖(しゃくじょう)を鳴らし、イタコは茣蓙(ござ)を広げてフロアに正座した。

「屋上もこちらも準備は万端のようですね。補足しておきますと電話による呪いの術ですのでテレビを見ている視聴者の方には影響はありません。それでは皆さん、お願いします。奇蹟へ向けてオンエアー！」

競馬の始まりのようなファンファーレが短く流れた。そこへぷるぷると携帯電話の呼び出し音が続いた。大黒がモニターを見ると坂田が携帯を耳に当てている。森田は上着のポケットから自身の携帯を取り出した。そして電話に出た。

「もしもし、森田じゃが」

「坂田です。これが呪いの電話、今から始めますよ」

「ほほい、いつでもかかってきなさい」

「♪地獄の、地獄の、曲がり角。呪いだ、呪いだ、楽しいな。祟ろうか、祟ろうよ、死臭がぴゅうぴゅう吹いている」

「あんた、音痴じゃな」

坂田の呪いとも替え歌ともとれる電話の声にハレルヤ富田が十字架を握りしめ、陰陽師が文字をしたためた紙片をちぎると紙吹雪のように投げる。修験僧は密教の呪文を唱え始めた。イタコの女性は茣蓙に座って体を揺らし、トランス状態に入ろうとしている。

「CMのときに死んだら台無しだな」

大黒の横に座る数之がつぶやいた。

「あ、護摩からなにかに火を付けたわ」

アメリがモニターを見つめて告げた。坂田は奇妙な呪いの歌をくちずさみながら護摩の火でロウソクを灯して次々に床に並べていく。

「♪冥土の、冥土の、曲がり角。呪いだ、呪いだ、楽しいな。祟ろうか、祟ろうよ、三途の川まであと少し」

「あ、今度はバケツで水を被ってるわ」

ロウソクの儀式の次に坂田は用意してあったバケツで水行を始めた。おかしな唄は相変わらず続いている。キャスターの大越の声が飛んだ。

「坂田さん、呪いの手応えはありますか」

「もう少しです。近づいてますが、あと一歩です。スタジオの皆さん、応援、お願いします。どうか坂田を男にしてください」

観客席からまばらな拍手があった。どうしたものかと迷って当然だ。人が呪われて苦しむところは見てみたいが、この場合、坂田は悪役なのだ。人格が疑われてしまう。

「もう少し、時間が必要な様子ですね。では一旦、コマーシャル」

コマーシャル枠は番組進行に合わせてらしい。キャスターの声にモニターの画面が切り替わる。番組のスポンサーは殺虫剤のメーカー。葬儀社。仏壇仏具の製造会社。内容が内容だけに、ここぞとばかりに乗ってきたのだろう。三十秒のスポットＣＭが数本流れると再び番組に戻る。

「あ、今度は踊り出したわ」

アメリがつぶやいた。

「♪首狩りが終わって僕らは生まれた。人肉を食べずに僕らは育った。大人になあって、踊り始める。呪いの唄を口ずさみながら。僕らの名前を覚えて欲しい。洗礼を知らないビーバー教徒さ」

坂田はどこに用意していたのか、ボンゴを叩きながら、唄い、踊っている。

「あいつの教養はアフリカとも関係してるのか」

数之がつぶやいた。森田も漏らしている。

「やっとれんわな。盆踊り以下じゃ。手と足が同時に出とる。あれでよく転ばんな」

変化が見られない状況に数度、ＣＭが挟まれ、超常現象の専門家と科学者のコメントがあり、三十分以上が経過した。

「♪ドンドロドロドロ、ドンドロロ、呪いにはまって、さあ、大変。ゾンビが出てきて、こんにちは。坊ちゃん一緒に死にましょう」

坂田はさらに新たな歌を歌いながら、護摩に向き合うと懐からなにかを取り出し、それを炎に叩き付けた。投げたのは細かな粉で、護摩の炎がぱっと上がった。

「エロイム、エッサイム。エル・エム・エス・サイズ。蛇は古き骸を捨て今、ここに身を纏う」

理解不能な呪文が唱えられたとき、先ほどまで退屈そうにしていた森田が椅子で小さく呻いた。目を白黒させると口から小さな泡を吐く。

「待って！」

叫んだのはアメリだった。付き添い席から立ち上がると森田に駆け寄る。その間、わずか数秒だった。森田は椅子に座ったまま脱力し、四肢を痙攣させている。

スタジオ内が騒然となった。観客が悲鳴を上げ、キャスターが叫んでいる。駆け寄ったアメリが森田の脈を取り、瞼を開いて瞳孔を確認した。

「大黒、酸素マスクよ！」

アメリの指示に大黒は椅子をはね飛ばして背後に回った。念のために用意していた酸素ボンベとマスクをつかむ。一式を大急ぎで森田の椅子まで運んだ。アメリがそれをあてがいながら叫ぶ。

「わたしの病院に救急搬送！　ＩＣＵを手配して！」

「ははははは、はははは、これぞ、必殺トークプレイの呪術。テレビの前の皆さん。しかとご覧になりましたね」

スタジオ内にインカムを通じて坂田の高笑いが響いた。

「なにが起こったんだ？」

数之が茫然としている。誰もなにも答えることができなかった。

「ハレルヤ富田さん、どう思う？　今のは奇蹟と認定できるか」

数之が付け足した。

本郷の病院に搬送された森田は人工呼吸器を装着され、ＩＣＵで二十四時間の監視態勢に入った。午後十時、応急処置を終え、廊下に出てきたアメリに大黒は尋ねた。

「どうだ？」

「ちょっとまずいわね。ずっと意識不明の状態よ。血圧がすごく下がってるの。危篤といってもいいぐらい」

「なにが原因なんだ」

「大至急で血液検査を頼んだばかりだから詳細は不明よ。だけど体に赤い斑点が浮かんでるわ。アナフィラキシーみたい」

「つまりアレルギー反応なのか」

「そこが変なの。健康診断の時、森田はアレルギー体質じゃないっていってた。それに昼食は牛丼だと話してたけど食後、七時間は経過してるはずよ。食品によるアレルギー反応は通常、食後三十分から一時間なの。食事が原因ならもっと早く症状が出るでしょ。大盛り二杯を平らげたなら満腹して、しばらくなにも食べないだろうし、スタジオで飲んでたのはペットボトルの水ぐらいよ？　水によるアレルギーって症例は聞いたことがないわ」

「飲んでた水になにか混じってなかったか、数之が今、鑑識で調べている。事故調査の名目でスタジオ中のあらいざらい、ホコリに至るまで採取して分析にかかった。だがペットボトルに異物を混入させるのは難しい。どれも新品だったし、製造工程の管理は厳重だ」

「食品以外のアナフィラキシーの原因は薬物。だけど森田は薬も常用してなかったわ。今の話を総合すると自分で摂取したものでアナフィラキシーになったわけじゃないみたい」

「するとなんらかの方法で外部から森田さんにアレルギーを起こさせたのか」

「外部から受けるアレルギー反応に虫さされがあるわ。アブ、蜂、ムカデなんか。だけどスタジオにはなにも飛んでいなかったし、なにも這っていなかった。アレルギーを起こした要因が掴めないのよ。手の施しようがないわ」

「とにかく呪いによる急変じゃないんだな」

「呪いそのもので死ぬなんてあり得ないわ。科学的根拠がゼロだもの。ブロークンハート症候群やノーシーボ効果といった理由が必ずある。だから坂田がなにかやったに違いないのよ。でもアナフィラキシーって原因の特定が難しいのよ。変な治療はできないし、手をこまねいているなんて医師として悔しいわ」

「坂田はずっと屋上にいた。自ら手を下すことは不可能だ。森田さんはひな壇の椅子に座りっぱなしで近づいた人間はいない」

「ちょっとした密室状態ね」

「だが、なにかやったのは確かだ。それを掴まないと俺の首が飛ぶ」

「あなたの首より森田の命よ。このままじゃ、日本の武道界の損失よ。ホラー界も。推理でいいから手がかりを見つけてよ」

珍しくアメリは目尻を涙でにじませている。医者らしい反応だ。女性らしいともいえる。森田になにもしてやれないことが悔しいのだ。大黒はここまでの局内の様子を脳裏で確かめた。

特にあやしいことはなかった。捜査班の全員で局に入り、段取りを何度も説明され、控え室で待機した。数之からエクソシストや陰陽師を紹介され、ぴんぴんしている森田と会話した。

続いてアシスタントに呼ばれて最終リハーサル。そこでカメラテストがあって、控え室に戻る前に坂田と出会い、森田と握手。すると森田の自慢の靴がコーヒーで汚れて……。

大黒の脳裏に雷鳴が走った。待てよ、秋葉原の現場でジュースの空き缶を拾った。数之に鑑識捜査を頼むと蜂にも人気のジュースだとつぶやいていた。大黒は携帯端末を取り出すと番号をプッシュした。

「もしもし、警視庁の者です。先ほどの番組で森田さんに付いていたアシスタントの方ですね」

「ええ、そうです。大変なことになりましたね。一体、なにがあったんでしょうか」

「そこなんですが、本番前にそちらのスタジオの廊下にエキストラの人たちがいたんです。その中の靴磨きの少年に話を聞きたいのですが連絡先が分かりますか。戦争物の撮影と思うのですが」

「戦争物？　靴磨きですか？　ええと、ちょっと待ってくださいよ」

　アシスタントは電話の向こうで誰かと会話している様子だ。やがて大黒に結果を告げ始めた。

「確かにあのとき、終戦記念日に関するドラマの撮影がありました。ここ数日、続けているそうです。兵士や婦人会に扮するエキストラも使っています。ですが靴磨きの少年役は雇っていないとディレクターがいってます」

「確かですね」

　大黒は相手の答に念を押すと電話を切った。

「アメリ、ここで蜂毒の分析はできるか」

「なんとかしてみるわ。専門家にデータを転送してもらったら血液と照合できるかも。でもスタジオに蜂なんか飛んでいなかったわよ。森田が刺されたとは思えないけど」

「血じゃない。森田さんの履いていた靴だ」

「あの新品の靴？」

「坂田がコーヒーで汚したために森田さんは靴磨きを頼んだ」

「そうね。エキストラの少年でしょ」

「だがテレビ局ではあの子は雇ってない」

「無関係の子？　もしかして坂田の手配？」

「おそらく、そうだろう。靴磨きの前、スタジオで最終リハーサルをしたな。森田がひな壇の椅子に座るとスポットライトがいくつも注がれて、まぶしそうにしていただろ」

「そこにからくりがあるの？」

「靴磨きの少年がクリームを森田の靴にたっぷり塗り込んだ。クリームは油だ」

「そうか。そのクリームに蜂毒が混ぜ込んであったんだ。虫さされのアナフィラキシーはアレルギー反応が早いわ。蜂なら五分から二十分」

「そうだ。通常ならクリームは革靴に染み込んだままだ。しかし本番中にスポットライトを浴びていると、その熱でクリームは溶け始める」

「するとクリームが揮発して蜂毒は湯気のように上に昇るわね」

「森田さんは刺されたんじゃない。蜂毒を吸い込んだんだ」

アメリは廊下を駆け出していった。おそらく推理は正しいだろう。すべては坂田の仕組んだことだ。坂田は前田殺害に際して森田が近づくと予測したのだ。そこでジュースを路地にこぼしておいて、森田が前田と遭遇する際に協力者の手で現場に蜂を放ち、アナフィラキシーになるように仕向けていたのだ。

後はテレビ局での蜂毒のトリックだが、靴磨きを利用したのは局で終戦記念の番組を撮影しているとしったからだろう。坂田が特別番組を急いだのは番組収録が終われば使えないトリックだからだ。

問題は続く捜査だ。蜂毒が森田の靴から検出された段階で坂田を事情聴取するか。あるいは靴磨きの少年を捜し出して坂田の指示だったことを証言させ、逮捕に向かうか。坂田の動き次第だが住所と事務所は把握している。所轄にマークさせておこう。

だが大前提が残されている。前田五郎の殺害だ。ブロークンハート症候群は極度なストレスでアドレナリンが分泌しすぎることで発症する。一方、アナフィラキシーはアレルギーによる。同じショックでも明白に症状が違う。森田の呪術がトリックであるなら前田の事件もからくりがあるはずだ。

ともかく被害者が前田五郎であること。いつも森田がその死体を発見すると坂田が理解していたこと。それらを考慮すると坂田は森田の家に矢文を放ったＭＭＭと関係があるのは確かだ。坂田を逮捕すれば芋蔓式にＭＭＭにつながり、今までの前田五郎殺害に関する背景がつかめるかもしれない。

そもそもＭＭＭとはなんなのか。なにを目的とするのか。大黒は今後の捜査を思案しながら本庁に戻ろうとした。そこへ携帯端末が鳴った。数之からだ。

「大黒か、そっちはどうだ？」

「森田さんはおそらく蜂毒によるアナフィラキシーだろう」

「そうかい。超常現象じゃないってえのか。奇蹟認定がおじゃんになって残念だ。しかし森田の爺さんも呪い殺されずに済んだって寸法だな」

「そっちはどうだ」

「あらかた済んだが、特になにも出なかった」

「だろうな。トリックは靴磨きだから」

「ははあ、靴か。なにがどうなったかしらんが持ってきたら鑑識捜査してやるぜ。それでだ。科捜研から解析結果が届いた」

「遺伝子とラーメンスープか」

「ああ、まず遺伝子だが、今まで殺害されてきた前田五郎たちはルーツが同じらしい。つまり血縁か親類ってことだ」

「前田五郎の一族ってことか？」

「そうなるな。それで思いだしたんだが、豆腐店の事件があっただろ？　あのとき、森田の爺さんが前田家の血塗られた過去とかなんとかぬかしてたよな」

「確か戦後すぐの岡山、場所は獄門山。本家と分家の争いと聞いたが。すると一連の前田五郎殺害はその過去から始まっているのか」

「その究明はお前の仕事だ。だがＭＭＭってのも、その辺りと関係しているんじゃないか」

「分かった。岡山県警に打診しておく。それでラーメンのスープは？」

「隠し味が分かったぞ」

「なんだ？」

「サバ出汁(だし)だ」


「坂田が逃げた？」

翌日、早朝、大黒の携帯端末に所轄の捜査員から報告が入った。坂田の行動を見張るように指示していたが、いつの間にか姿をくらましたという。

すでに前日の呪術ショウの顛末(てんまつ)はテレビのニュースで報道されていた。加えて森田が峠を越したことも補足されていた。おそらくその一報に触れてトリックを暴かれると踏んで逃走に転じたのだろう。

「手がかりはなにもないのか？　車か電車か、防犯カメラの映像やNシステムのナンバープレートは？」

「それがまったく。自家用車は残されていて、本人の姿は防犯カメラに皆無です」

逃げた坂田を追うのは難しいようだ。今回の事件はどうも後手に回る。大黒は自身の捜査の手抜かりを感じつつ、電話を切ると前田五郎の死亡した秋葉原の現場に向かうことにした。昨夜の内に数之から伝えられたサバ出汁のラーメンに関してネットで検索してあったからだ。

答は宮城県石巻。その地にご当地ラーメンとして塩味と醤油味のサバ出汁ラーメンがあるという。つまり死亡する前に前田が食べたのは、この流儀のラーメンだ。アパートの隣人が語っていたように前田は北で暮らしていた過去があったのかもしれない。

しかし現場に到着した大黒がいくら歩いても近辺にそんなラーメン屋は見当たらなかった。早朝のため、雑居ビルに挟まれた路地にはビルへと出勤する社員の姿はなく、ガラスドアの向こうに見える郵便受けには、どれも朝刊が差し込まれたままだ。

死亡現場を過ぎ、角を曲がり、どん詰まりの駐車場までできた。その先は一メートルほどの段差の下にアスファルトが広がっている。早朝だけに一台も車はない。相変わらず、がらんとしたままだ。

なにか手がかりはないだろうか。改めて大黒は頭の中で事件を整理した。前回、ここを聞き込んで回っても前田がどこからきたか、見かけた者はいなかった。当然かもしれない。事件は午後三時過ぎに起こったのだ。

昼時を過ぎていたからランチに出る人間はいなかっただろう。もともと人通りの少ない路地裏だ。たまたま買い物にきていた森田がいただけで、その森田も前田以外は目撃していないのだ。

おそらくその時間帯、この近辺が閑散とすることを坂田は事前に調べていたに違いない。秋葉原という都会でありながら、エアポケットのような空白。白昼の死角。けたたましく大合唱をしていたセミが一斉に鳴き止んだような真空を思わす静寂。都市のゴーストタウン化とでも呼べばいいのか。

そこまで考えて、大黒の脳裏になにかがよぎった。いや、違う。空白地帯ではない。脳裏に先ほど見た郵便受けの朝刊が浮かんでいた。大黒は携帯端末を取り出すと現場にもっとも近い新聞配達所を調べた。

「三日前の三時頃ですか？　ええ、その時間帯は夕刊の配達に回ってますが」

原付バイクが並ぶ配達所の前で大黒は配達員に話を聞いていた。男は現場周辺の雑居ビルに経済紙を配る担当だという。

「そのときのことを詳しく聞きたいんです。配達していたとき、この男を見かけませんでしたか」

大黒は前田の顔写真を相手に示した。

「いや、見てないなあ。夕刊配達の時間は、あの辺りは人通りがなくなるんでね。たしかあの日もがらんとしてたけど」

「では、なにか変わったことに気が付きませんでしたか」

「変わったことねえ」

男は記憶を辿るように中空に視線を据えた。

「待てよ。そういえば駐車場に変な車が一台、停まってたな」

「駐車場ですか。路地のどん詰まりの一段、低くなっているところ？」

「そうそう。あそこにやけに大きな車が駐車してた。トラックというよりトレーラーとでもいうのかな。といって引っ越しに使うやつでもないし。車体に会社名がなかったからね」

「車種や色など、特徴を覚えてますか。ナンバープレートはどうですか」

「車種は分からないな。車のナンバーも確かめなかった。色は白一色。なんていったらいいんだろ。ずんぐりむっくりした感じで。そうだな。あえていえば働く車って印象だったな」

大型の白い働く車。配達員の目撃情報は捜査を進める大きな手がかりに思えた。大黒は礼を述べると携帯端末で所轄の捜査員を呼び、問題の駐車場周辺の防犯カメラやＮシステムを当たるように指示した。

捜査員と大黒と手分けして調べを進める。結果はすぐに出た。配達員が述べたように、ずんぐりむっくりした大型の白い車両が少し離れた道路を走行する様子が防犯カメラのひとつに録画されていたのだ。

カメラを設置していたのは道路沿いの店舗だった。残念ながらナンバーまでは確認できない。だがこれをもとに幹線道路のＮシステムを確認することが出来るだろう。大黒は捜査員に続く指示を与えた。

車両は配達員が述べたように単なるトラックではない。発見した防犯カメラの画像を大黒は情報端末に取り込むと数之に送信し、連絡を取った。

「朝っぱらから起こしやがって。バチカンにＵＦＯがやってきて、宇宙人と奇蹟認定班が会見するって夢を見てたところだぞ」

「画像は届いたか。この車両、なんだと思う？　普通のトラックじゃないよな」

「ああ、車のフロント部分、つまり面構えからするといすゞのエルフだろう。四トン車だ。だが車体はまったく違う」

「つまり改造してあるのか」

「おそらくな。ちょっと待ってろ。この車を画像検索してやろう」

電話の向こうから物音がする。ほどなく答が返ってきた。

「分かったぞ。こいつとよく似た車両が群馬の自動車メーカーにあった。といってもゼロから車を作るんじゃなくて、ベースとなる車両を改造して消防車やクレーン車を作る会社だ」

「特殊車両なのか。で、こいつはなんだ？」

「地震体験車、起震車ともいう」

いた。

大黒は番号をメモするとその場で連絡を取った。早朝だが運よく出勤している人間が

「メーカーの電話番号をいうぞ」

「イベントで地震を体験するやつか」

「起震車の販売先が知りたい？　特殊な車ですから、それほど出荷台数はないですけど。え？　一番最近のものから？」

男は総務かなにからしい。電話で話しながらパソコンを操作している様子だ。

「一番最近ですと半年前ですね。販売先は東京のビーバー教消防本部。代表者は坂田利夫。価格は二千五百万円強。これは車両のお尻から乗車するタイプですね」

からくりが解けた。いくら捜してもラーメン店がないはずだ。店ではなく改造トラックだったのだ。坂田は購入した起震車を駐車場に停め、前田を誘導すると地震を体験させたのだ。

やはり前田は八年前まで北で暮らしていたのだ。その場所はおそらく石巻。東日本大震災で甚大な被害を被った地だ。それを身をもって知っていた前田が再び同様の地震に見舞われたなら大変な精神的苦痛だ。

前田の隣人は数日、隣の部屋からざあざあいうノイズみたいな音がしたと述べた。音はノイズではない。震災時の津波。その際の音だったのだろう。

きっと前田に気づかれぬように、どこかに装置を設置し、前田に震災時の記憶を無意識に蘇らせると同時にストレスを与え続けた。その上で起震車に乗せた。そしてとどめの再体験をさせたのだ。

おそらくトラック内への入り口は、あたかもラーメン店のようにカモフラージュしたのだ。映画の書き割りのようなもので店舗らしく装って。

坂田の購入した起震車を押さえよう。車両から前田と同じ成分のラーメンスープが検出されれば物証になる。どれほど車内を洗浄しても科学の目は神の目だ。ミクロ単位の微量な成分でも現在の鑑識捜査は見逃さない。大黒はその場で坂田の事務所や住所で起震車を捜すように所轄に連絡を取った。

しかし前田五郎一人を殺害するために二千五百万もの車を買い、工作のために労力をかける。それはもはや執念といっていい。その執念は坂田個人のものだろうか。いや、今まで前田五郎を殺害してきた犯人は、ばらばらだ。

唯一、共通するのはＭＭＭという謎の差出人。坂田も他の犯人同様にＭＭＭに示唆されたか、あるいは関係者なのではないか。となるとＭＭＭは単なる共犯には思えない。一連の事件の背後で暗躍するＭＭＭは坂田以上の存在ではないか。大黒は空恐ろしい印象を覚えながら前田のアパートの捜索に向かうことにした。

室内を調べれば坂田の仕掛けた装置か、その痕跡があるはずだ。大黒は前田のアパートを捜索すると所轄の捜査員に伝え、道路沿いの店舗を出て、彼らとともに向かおうとした。そこへ情報端末がメールの着信を知らせた。大黒はそのメールを開いた。

『ご依頼のありました前田家の連続殺人についてご報告します。戦後すぐの事件でしたが、当県警に古い事件簿が残されておりましたので、その概要をお伝えします。事件は本家前田五郎一族と分家小前田大五郎一族との相続を巡る争いで、ご質問の通り、本家の三人の娘が殺害されております。被害者たちの状況も、一人は池から逆さまに足を出して豆腐で窒息死。もう一人はフルートの音色が聞こえる晩に顔面を豆腐で死化粧した絞殺死体となっています。ただし最初に殺された本家の娘は生首だけの菊人形にされて頭に豆腐を載せていたはずだとのことですが、菊人形ではなく正しくはマーガレットです。事件があった獄門山は湧水が豊富で、豆腐ばかりでなく活花栽培にも適し、ことにマーガレットの名産地でした。捜査関係者の中に花に疎い人間がいたらしく、新聞記者に菊人形と伝えたようです。本件はこちらの古い事件簿ではマーガレット事件とされています。生首には豆腐とともに句をしたためた短冊が添えられていました。内容は『マーガレット、前田五郎を皆殺し』となっています。事件簿によると本家を根絶やしにしようとする分家の犯人の句のようです。さて本件の解決後ですが、分家小前田一族は殺人鬼の一族として郷里を追われて離散している模様です。また本家の前田一族も三人娘が死亡したことで子孫が途絶え、家系も各地へ移っていきました。結果、現在、当地には本家分家ともに存続しておりません。尚、事件と坂田利夫との関係性ですが事件簿に分家の小前田大五郎一家には古くから仕える使用人で坂田姓の者がいたとあります。またこの使用人はフルートの名手だったと記録されています。お探しの坂田はこちらの関係者ではないでしょうか。以上、取り急ぎご依頼の回答まで』

岡山県警捜査一課の捜査員によるメールだった。MMMの意味と正体が判明した。「マーガレット（M）、前田五郎（M）を皆殺し（M）」の略だったのだ。かつて岡山であった連続殺人の因縁がまだ続いていたのだ。豆腐店の主人が殺害された事件で、森田は祖父の私立探偵が本家に対抗する分家の争いを解決したと述べていた。しかしその子孫が未だに前田五郎の一族を根絶やしにしようとしていたのだ。

各地に散った前田五郎の血筋を探し出し、抹殺していく。それによって闘争を勝利に導く、まるでテロリストのような思想だ。とはいえ、神戸の流星会と通じていたり、米軍機の部品を用意するなど、個人で行動できる範囲を超えている気がする。

相手は漫画や映画に登場する悪の組織そのものではないか。大黒がMMMの全貌を想像していたとき、猛スピードのパトカーが数台走ってくると急ブレーキをかけて目の前に停まった。

「ここか、大黒。乗れ」

運転席から大河原が怒鳴った。助手席に数之、後部座席にアメリが同乗している。

「なにがあったんだ」

大黒がアメリの隣に座ると大河原は猛スピードでパトカーを発車させた。残りのパトカーも後続する。

「ネットが大変な騒ぎになってるんだ。坂田利夫包囲網のサイトが立ち上がり、全国の前田五郎が集結している」

「こないだのテレビ番組だぜ。あれを見ていた前田五郎の一人が埼玉でドライブ中に信号待ちしていると猛スピードで走り抜ける車があって、その運転席に坂田の姿を見つけやがった。それでテレビ画像から顔写真を引っ張ってきて、目撃時の様子をアップした。まあ、テレビに出た以上、奴の面は割れてる。どこかの前田五郎が見つけても不思議はないがな」

助手席の数之が補足した。大河原が続けた。

「各地の前田五郎はサイトの情報をもとにぞくぞくと坂田を追跡している。それによると奴は東京から北西を目指しているみたいだ」

全国に前田五郎が何人いるかは分からない。だが彼らは一連の前田五郎殺害の意図を察し、自らの身に被害が及ぶ前に反撃に出ようと集結しているのだ。

「大黒、このままでは下手をすると集団リンチになるってことで、急いで坂田の身柄を確保するように上から指示が出た。法治国家では許されない行為だからな。それで俺の班の機動捜査員とお前たちに指名がかかったんだ」

　車は全速力で駆け、後部座席は大きく揺れている。大河原の説明に隣のアメリが自身の情報端末を見せた。相変わらずの白衣に黒いタイトのミニスカートだ。乱暴な運転に膝が割れてスカートの奥がうかがえる。

「大黒、わたしのパンチラにうつつを抜かしてる場合じゃないわ。これを見なさいよ」

　差し出された端末の画面にはずらりと書き込みが続いていた。サイトのタイトルは「革ゴロ＝革命的前田五郎同盟、打倒坂田闘争勝利」。アメリが書き込みをスクロールさせると追跡情報が並んでいた。

『埼玉秩父在住、前田五郎。国道２９９号で坂田の車を目撃。車種は日産サニーの白。ナンバーは第一投稿の通り。車は長野方向に走行中。追跡を開始する』

『長野県大日向在住、前田五郎。秩父の五郎、了解。こちら、２９９号で待機中に坂田の車を目撃。情報通り、依然２９９号を長野の四ツ谷方向に向かっている。こちらも追跡を開始』

　大河原がパトカーを首都高速に乗り入れると告げた。

「俺たちも関越自動車道の花園インターで降りて２９９号に入る」

「大河原、坂田は今、長野にいるのか。追いつくか」

「今、奴がいるあたりまでは二百キロ以上ある。奴を捕らえるまで、まだまだ時間がかかる。それに奴の目的地が分かれば、管轄する県警に先回りを頼めるんだが、長野で車を停めるか、その先にいくかは奴次第だ。ただし進路を予測して管轄の県警に道路封鎖をしてもらう手がある」

「いや、それは坂田の最終目的地が分かってからだ」

「おいおい、色男。なぜだ？　奴をとっつかまえるなら、その方が手っ取り早いぜ？」

「坂田がなりふり構わず逃げ出したのが気にかかる。奴はＭＭＭと関係がある」

「なんだって？　すると坂田はＭＭＭを頼って逃げのびようとしているってのか？」

「ＭＭＭは米軍機の部品や高額な起震車さえ用意する。資金力は並みじゃない。坂田一人くらい逃亡させるのは朝飯前だ」

「駄目よ。絶対に捕まえて。森田はまだ意識が戻らないけど、快方に向かってる。だから同僚に任せて、わたしはこっちに加えてもらったの。これは森田の敵討ちよ。それに坂田が死ねば検死が必要だしね」

アメリの眉間は怒りに皺が寄っている。むしろ、最後の言葉を望んでいるような口ぶりだ。大黒がやり取りしている間にもサイトには坂田追跡情報が続々と書き込まれていった。

『長野県四ツ谷在住、前田五郎。四ツ谷で待機中、坂田の車を発見。２９９号から１４１号へ進路変更。佐久方面に北上中。こちらも追跡に入る』

『長野県佐久在住、前田五郎。坂田の車は佐久の手前で１４１号から１４２号へ進路変更。笠取峠方向に向かっている。こちらも追尾を開始』

『注意！　長野県落合在住、前田五郎。笠取峠の先の落合で坂田の車を待っていたがこない。至急、１４２号沿線の前田五郎による捜索を依頼する』

　アメリがサイトに書き込まれていく内容を読み上げていく。

「ちっ、見失ったか」

　大河原がハンドルを握りながら舌打ちした。

『重要情報！　長野県古町在住、前田五郎。坂田の車発見、こちらを通過し、１５２号を北上中。笠取峠でルートを変更したらしい。これから追尾に入る』

『長野県丸子在住、前田五郎。坂田を発見。１５２号から２５４号に入った。松本方向へ走行中。こちらも追跡に入る』

「なんだかアメリカのアクション映画みたいになってきたな。コンボイが無線でやりとりしながら激走するやつ。しかし全国に前田五郎は何人いるんだ？」

　助手席の数之がつぶやいた。全国の前田五郎の把握はできないが、書き込みによると現在、坂田を追っているのは二十人近くに達するだろう。

『長野県松本市在住、前田五郎。坂田を２５４号上に発見。奴は松本市内を抜け、１５８号に進路を変更。乗鞍(のりくら)高原方向へ。現在追尾中』

『神奈川茅ヶ崎(ちがさき)在住、前田五郎。遅ればせながら追跡網に参加する』

『静岡浜松(はままつ)在住、前田五郎。こちらも急行中』

『三重県在住、前田五郎。俺も参加する。総員、見失うな』

　追跡する坂田との距離はなかなか縮まらない。一方、全国の前田五郎は長野県内を逃走する坂田を目指して各地から集合し始めている。長崎、熊本、福岡。鳥取、岡山、兵庫、京都。続々と加わる前田五郎たちは、まるで坂田という獲物を集団で狩ろうとするハイエナだ。

「大河原、坂田はどうして高速を使わないんだ？　急ぐならそっちの方が速いだろ」

「馬鹿じゃないからだ。いいか、大黒。高速道路はいわば密室の連続だ。一旦乗り入れると次のインターまでは出られない。それを通り過ぎるとまた次まで。それに高速には警備システムが張り巡らされている。だからすぐに尻尾をつかまれる」

「だから国道なのか」

　大河原とやり取りしていると大黒のポケットで端末が鳴った。

「所轄です。前田のアパートの屋根裏からタイマーをセットしたラジカセが発見されました。入っていたカセットテープはエンドレスのもので津波の激音を収録したものです。

坂田はこれを一定時刻に三十分ほど再生させていたようです」

おそらく眠っている前田にストレスを与え続けるためだろう。ブロークンハート症候群の引き金はこの機器だ。

「それと坂田の事務所付近の駐車場に乗り捨てられたままの起震車を見つけたと捜査員から連絡がありました。鑑識が調べたところ、微量ながら車内から前田の衣服に付着していたのと同じサバ出汁ラーメンの成分が検出されたそうです」

「よし、逮捕状請求と全国指名手配を進めてくれ」

所轄からの報告を受けて大黒は指示を出した。

「坂田の容疑が固まった」

「そうか。だが大黒、どこで逮捕状を受け取るんだ？　奴がどこを目的地にしているか分からなければ管轄の県警に回してもらえないぞ」

「まず制限速度違反で現行犯逮捕だ。それから本来の逮捕状を執行する」

気が付くと追跡を開始して四時間が経過している。車外はどんよりと曇り始め、目指す方角には黒雲が湧いている。

坂田の車は長野を抜け、岐阜を横断し始め、西側の荘川（しょうかわ）で曲がると北上を開始した。走るのは国道156号。追跡サイトの書き込みで動きが随時、アップされていく。白川郷（しらかわごう）、五箇山（ごかやま）。いつしか車は富山県に入っていた。ハンドルを握る大河原が告げた。

「大黒、かなり追いついた。しかし奴はずっと走り続けてるな。どこが目的地だと思う？　お前の考えを後の機動捜査隊に連絡したいんだが」

「岐阜で進路を北に取った。ずっと進めば日本海。ここまで走ってきたところを見ると俺は海を目指していると思う」

「おいおい、色男。てことは奴は日本から逃げ出すつもりなのか。なら海外保安庁への連絡が必要だぜ」

「大黒、坂田を逃しちゃ駄目よ。予測できる管区の保安庁はどこ？」

アメリが隣で腰を上げると訴えた。

「奴が富山の小矢部(おやべ)を通り過ぎるかどうかが鍵だ。富山を越えれば残された日本の国土は石川県だけだ。県警と管区の保安庁に、とりあえず石川が目的地だと連絡できる」

車は音を立てて走っている。車内では、じりじりとした時間が過ぎた。ハンドルを握る大河原以外、全員が自身の端末を見つめている。

『富山県小矢部市在住、前田五郎。坂田は当地を抜けて２４９号へと進路を取った。総員、石川を目指せ』

「抜けた」

数之が叫んだ。大黒はその場で石川県警に連絡を取り、坂田確保の協力要請とともに管区の保安庁への連絡を頼んだ。坂田の進行方向に不審な船舶がないか出動してもらうためだ。大河原が尋ねてきた。

「大黒、見てみろ。前方の車」

後部座席からフロントガラス越しに注視すると数台の車が目に入った。いずれも屋根に取り付けた旗がひらめいている。手書きらしく、黒と赤の配色の真ん中にMG軍団と文字が描かれている。

「ははあ、前田五郎軍団か。MGがAならアナーキストだぜ」

数之が告げた。大河原がサイレンを鳴らすと赤色灯を点滅させ、前方の車両に警告をうながした。追い越し車線を空けた車両は通り過ぎる機動捜査隊のパトカーに何度もクラクションを鳴らし続ける。

「応援か？　それともクレームか？」

数之が述べるように、真意は摑めない。坂田を追う前田五郎たちは頭に血が上っているのだ。もはや暴徒といっていい。確かに上層部が危惧していたように集団リンチは必至に思える。

サイトの書き込みでは小矢部を抜けた坂田の車はさらに北上を続け、羽咋(はくい)、富来(とぎ)、門前町(もんぜんまち)と能登(のと)半島の西海岸を北へ走る。県警も海上保安庁もこの情報を睨(にら)んでいるはずだ。

走り続ける内に前方の車両が増えていった。乗用車、トラック、オートバイ。数にしてすでに数十台の集団になっている。それらが互いにMG軍団の旗を掲げ、クラクションを鳴らしあう。中には巨大なスピーカーを荷台に据え、大音響で曲を流しているものもあった。

『♪友よ、夜明け前の闇の中で。友よ、戦いの炎をもやせ。夜明けは近い。夜明けは近い。友よ、君の血は報われる』

坂田の車は輪島に入った。前方を走る車、後続する車両。いずれもが道幅いっぱいにふくれあがり、前田五郎の大移動の体をなしている。

「どけよ、馬鹿野郎。こっちは任務なんだ」

ハンドルを握る大河原が口走った。いくらクラクションを鳴らしても混雑は解消せず、大河原のパトカーも後続の機動捜査隊の車両も速度を落としている。

「停まったみたい。能登半島の先っぽ、珠洲岬よ」

端末を凝視していたアメリが叫んだ。すでに車外は黒雲が低く垂れ込めている。大黒がウィンドウを下げると上空から遠雷が聞こえた。今にも泣き出しそうな天気だ。

「能登は悲しや、人殺し」

数之が陰気な言葉を吐くと続けた。

「アメリよ、その岬ってのはどんなところなんだ？　検索してくれ」

「ええと、禄剛崎、長手崎、金剛崎の三つの岬が集まっているんだけど日本有数のパワースポットらしいわ。前の海で暖流と寒流が混じり合うところから地球の気が得られるとか」

「ふふん。坂田はそのパワーとやらを利用しようってのか？　それともそこにＭＭＭのアジトでもあるのか？」

「無理じゃない？　岬は基本的に温泉宿の私有地みたい。ＭＭＭが宿の亭主なら別だけど」

「じゃ、ＭＭＭが船でも準備してるのか？」

大黒は端末を見ながら数之に応えた。

「いや、今のところ海上保安庁からも石川県警からも不審船の連絡はない」

「海じゃないのか？　てことはもしかすると空ってことも考えられないか」

今の言葉は一理ある。だが能登半島の最北端の岬だ。滑走路なしではセスナ機でも着陸できないだろう。するとヘリコプターか、気球か。００７のように背中に背負うジェットパックでも用意しているのか。

「もうすぐだぞ」

大河原が告げた。かたわらに日本海を望む曲がりくねった岸壁沿いの道。そのどん詰まりに観光用らしい駐車場が設けられている。

すでに駐車場の手前から数々の車両があふれ出て、道路を塞いでいた。いずれも先行していたＭＧ軍団の車だろう。その数、ざっと五十台。岬の方へ進むにはパトカーを降りて自力で向かうしかなかった。

「どけ、警察だ」

追跡を続けていた前田五郎たちだろう。何十人もの行列が岬へ向かっている。ドアを開けて飛び出した大河原に続いて大黒、アメリ、数之も走った。空気はやけに生暖かい。

岬へは細い遊歩道を進むしかないようだ。すでに到着している前田五郎たちをかき分けて大黒らは駆けた。粘っこい湿り気はゼリーの中を進むようで、空からは墨汁のような黒雲が落ちてきそうなほどだ。遠雷が轟く。

遊歩道の先が開けた。前方に黒山の人だかりができている。展望台のようなスペースらしい。駆けつけると石川県警の機動隊が規制線を設け、突入しようとする前田五郎たちと揉み合いを続けていた。

若者から老人に至るまでの前田五郎たちは金属バットやゴルフクラブ、木刀を握り、武装している。大黒は群衆を押さえる隊員に声を上げた。

「警視庁の大黒です」

叫びながら前田五郎たちを押しのけて規制線内に走り込んだ。見ると十数人の警官が岬の突端を遠巻きにしている。

「くるな！」

展望台の端で坂田が叫んだ。白装束に太い数珠を首から提げ、なにか掲げている。装束の胸元がはだけ、肌がのぞいていた。大黒にがっしりした体軀の男が声をかけてきた。

「お待ちしていました。警視庁の大黒さんですね。石川県警の責任者です。指揮を仰ぐように指示されてます」

男は続けた。

「現在、海上保安庁の巡視艇が岬の向こうの海にいますが、不審な船舶の情報はありません」

「空は？」

「念のため、海上保安庁のレーダーで探知してもらってますが、今のところ、こちらに飛翔(ひしょう)してくる機影はうかがえません」

「あれは？」

大黒は坂田が掲げているものを見つめた。すでに警官が十数人いるのだ。坂田の身柄は簡単に確保できる。だがその動きはない。

「ダイナマイトです。手に持っているのだけでなく、さきほど胴に何本も巻いているのを見せました。おそらく十本以上あると思われます。我々が近づくとあれに火を点(つ)けて辺りの人間もろとも爆死するといってます」

大黒は坂田の手に視線をやった。坂田はダイナマイトを握る手とは別の手でライターを握っていた。ときおりヤスリをこすって点火することを確認している。

「どうします？　狙撃しますか？　後方には前田五郎たちがひしめいていて後退が困難です。万一、弾丸がダイナマイトに当たると、この距離では我々や前田五郎たちに死者が出るやもしれません」

「最悪の場合に備えてＳＡＴの狙撃隊を要請してくれ」

「それは手配しました。まもなく到着すると思います」

坂田を追いつめたが、睨み合いの硬直状態に展開した。大黒は後ろを振り返った。アメリ、数之、大河原が立ちつくしている。遠雷は強まり、彼方の海で稲妻が走った。悪天の日本海は不気味な波音を響かせている。

限りなく厄介だ。前田五郎連続殺人を解明するために、なんとか坂田の身柄を確保したい。だがこちらから何か仕掛ければ坂田は我々を道づれにするだろう。説得して坂田を投降させるか、最悪は時間を引き延ばして爆発の危険性がない頭部を狙撃するか。むろん射殺は超法規的措置だ。上層部の許可を取り付ける必要がある。

大黒は意を決して情報端末を取り出した。警視庁に許可の連絡を取ろうとしたとき、不意に脳裏に疑問が湧いた。待て。なぜだ？　なぜ、坂田はＭＭＭに救いを求めなかったのだろう。ただのやけくそで、ここまで逃亡してきたのか。いざとなったら刺し違えるつもりだったのか。なにかがおかしい。大黒がそこまで考えたとき、突如、一際、大きな波音が沖から響いた。

見ると沖合わずかにゆっくりと船影を現す潜水艦があった。潜望鏡をこちらに向け、事態を把握している様子だ。それが甲板をすっかり波の上へ出した。すると船腹に奇妙な模様が描かれている。ファンシーグッズのイラストのように一輪の白い花だ。

「大黒、菊の花だ」

「数之、あれは菊じゃない。マーガレットだ」

「そうか。森田の爺さん、嘘を教えやがって。いつだったか花屋のあれを菊っていったんだ」

坂田が闇雲に石川を目指した理由はこれだったのだ。東京からもっとも近い海外への架け橋となる地点。新潟よりも鼻のように突き出している半島の突端。そこで坂田はMMMと合流する予定だったのだ。

波しぶきを上げながら潜水艦は停止する。突端にいた坂田が振り返り、大きく手を振った。すると陰気なフルートの音色が沖から響いた。そこに男の声が重なる。

「私は三代目小前田大五郎。ここにいるのはMMM、通称マーガレット団だ」

海ではない。むろん空でもない。相手は海の底を利用するのだ。小前田の声は続く。

「我々マーガレット団が長年、密(ひそ)かに進めていた計画は今回の坂田の失敗により、暴露され、警察を敵に回すこととなった。このままでは計画の完遂は困難だ。大変、残念だが我々は一旦、退却する」

呼応するようにアメリが声を上げた。

「大黒、どうするの？　海上保安庁には潜水艦はないでしょうから巡視艇がレーダーで追跡しても魚雷も水雷も撃てないわ。このままだと奴らは海の底を進んで日本の領海から脱出する。海上自衛隊に協力してもらう？」

「これは前田五郎に対する犯罪なんだ。テロでも侵略行為でもない。自衛隊の介入は憲法上、不可能だ」

大黒がアメリに叫ぶ内に潜水艦から一艘のゴムボートが滑り出し、突堤へ向かってきた。坂田はダイナマイトを握り、仲間の救出を待っている。潜水艦からの声が続いた。

「警察の人間よ、坂田を解放せよ。さもなくば坂田は自爆する。私がそのように命じているから。むろん大事故になることは明白だろう。だが私は我々のターゲットでない人間を巻き添えにするのは不本意だ」

「大黒、ボートがもうすぐ着岸するわ。どうするの？　このまま指をくわえているの？なにか名案はないの？」

近づいてくるボートを凝視しながら大黒は進退窮まっていた。前門の狼、ダイナマイトで武装した坂田。後門の虎、前田五郎たちの集団。そしてそこに第三の敵、獲物をさらっていくMMMの潜水艦が現れたのだ。大黒は唇を強く嚙みしめた。そのとき、囁く声があった。

「名案が浮かんだわ」

アメリだった。アメリは大柄の警官を盾にする恰好で大黒の横に並んだ。

「これで坂田からわたしは見えてないわね？」

アメリが確認するように大黒に微笑んできた。警官は重量級の柔道選手といってもよい体軀でアメリは警官の背に隠れるかたちになっている。

「ああ、見えてないが」

「だったらわたしが合図したらいっせいに坂田に飛びかかって取り押さえるように周りに伝えて。坂田に気づかれないようによ」

なにをするつもりかと大黒は訝しんだが、自身には解決案はない。いわれるままに横にいる警官にアメリの言葉を耳打ちし、伝言していくように指示した。

坂田を前にしている警官らは順番にうつむいて独り言でもつぶやいているように話を回していく。その動作が一周すると最後の警官が大きくうなずいた。全員に伝わったらしい。

「準備はできたぞ」

「分かったわ」

アメリは大黒の言葉に警官の背中で白衣から情報端末を取り出すと番号をプッシュした。そして端末を耳に当てる。大黒は視線を坂田に移した。すると携帯電話の呼び出し音が前方からかすかに流れてきた。

坂田からだった。一回、二回、三回。ぽかん。音にすればこうだろう。坂田は緊張状態から一瞬、虚を突かれたように口を開いた。そして首を傾げながらライターを握っていた手を胸元にやると懐から携帯電話を取り出した。

「はい、もしもし?」

「今よ」

アメリの合図が掛かる前にすでに警官らが坂田へと駆け出し、飛びかかっていた。何人もの腕が坂田の手からダイナマイトをもぎ取り、ライターを奪い取る。

「現代人って悲しいわよね。お風呂に入っていてもトイレでも、電話が鳴るとどうしても出ちゃう。世界で一番の人を動かす道具」

アメリが笑いながら告げた。

「坂田の番号がよく分かったな」

「ダイナマイトで武装しているとわかったとき、あいつの気をそらす名案はないか、必死で考えたの。それで今さっき、森田が意識を取り戻したって連絡があったの。だから聞いたのよ。森田に呪いの電話を掛けてきた坂田の番号を」

アメリが告げたとき、進展の一部始終を潜望鏡で見ていたのだろう、潜水艦の声が沖から響いた。

「聞け、前田五郎たち。いいか、我々の退却は単なる計画の中断だ。いつの日か我々は戻ってくる。そしてお前たちを皆殺しにする。その日まで首を洗って待っていろ」

黒雲の下、声とともにゴムボートがUターンして沖の潜水艦へ戻っていった。そして乗組員がハッチから艦内に入ると、艦はあっという間に海中に没した。沖で波しぶきが上がり、泡となって鎮まった。大黒の横で大河原が告げた。

「このシケじゃ、海上保安庁の巡視艇も潜水艦を追って航行するのは難しいな。それに水中レーダーで位置が分かっても殲滅（せんめつ）するための魚雷かなにかを保安庁は装備してない。あの潜水艦はあきらめるしかないな」

警官らに体中のダイナマイトを外された坂田が連行されていく。大河原の言葉は正しい。潜水艦はあきらめるしかない。大黒はアメリと数之をうながし、坂田の連行に続いた。警官たちは坂田の周りを囲み、前田五郎らから保護するように人波をかき分けると停車中のパトカーの方へと向かう。

「警視庁まで護送してくれ」

大黒は大河原に声をかけた。うなずいた大河原の指示で機動捜査隊のメンバーが坂田をパトカーに押し込むとサイレンを鳴らして走り始めた。大黒らも大河原の車に乗り込むとスタートした。

確かに小前田大五郎は取り逃がした。だが無事に坂田を確保できた。これでMMMの実体が解明できる。そうすれば奴らを海外で捕縛することが可能かもしれない。大黒は深い安堵を覚え、同時に脳裏に眠りの渦が巻き始めたのを理解した。

「東京までの間、しばらく休ませてくれ」

そうメンバーに告げたときには大黒の意識は眠りの渦へ巻き込まれていった。回転しながら落ちていくと闇の中になにか巨大な黒いものが現れた。長く太い。大きく口を開いている。蛇だろう。それも怪物と呼ばれる種類の。

大黒は聖書か神話で畏怖されるような怪物の口に呑み込まれようとした。叫ぼうとしたが声にならない。そのとき、どすんと衝撃が伝わり、目が覚めた。乗っていたパトカーが停車している。見ると高速道路のパーキングエリアだ。大河原、数之、アメリが外へ出ようとしている。

黒雲の隙間に青空が見えていた。大黒は理解できなかったが、メンバーに続くことにした。乗っていたパトカーの前に坂田を連行していた機動捜査隊の車が停車している。後部座席のドアが開いていて隊員が坂田を抱え出すとアスファルトの駐車場に置いた。

「死んでるな」

大河原がアメリに確かめた。アメリは駐車場に横たわる坂田にかがみ込んで検死を始めた。

「確かに。死にたてのホヤホヤね。顔面に鮮紅色の死斑が浮かび出してるし、目の結膜に充血と浮腫がある。しっかり嗅ぐわけにはいかないけど、かすかにアーモンド臭がするから青酸カリね」

「大河原、アメリ、なにがあったんだ」

事の次第を大黒は二人に確かめた。そこに数之が割って入った。

「色男、お前がオネンネの間に大河原の携帯に先行車から連絡が入ったんだ。突然、坂田が苦しみだしたと。まだ移送を始めて三十分ぐらいなんだ」

「坂田には手錠と腰ひもをして自殺できないようにしていた。白装束もあらためて、危険な物はなにも持っていないことは移送前に確認済みだ」

「だけどね、こいつ、後部座席で移送されている間、なにを聞いても黙っていて、それで突然、泡を吹いたの」

数之がアメリの横にかがみ込むと鑑識用の鞄からピンセットを取り出した。アーモンド臭を嗅がないように大きなマスクを着けるとゴム手袋の指で坂田の口を開く。

「そこでだ。俺様の出番ってことだが、ははん。やっぱりな。左の奥歯が入れ歯になってる。破れたカプセルが中にくっついてるぜ」

数之がピンセットに挟んだ義歯を取り出し、ビニール袋に入れた。大黒は理解した。ダイナマイト以外にも坂田は最後の手段を用意していたのだ。

坂田は自身を始末することで、ＭＭＭの存在を闇に葬ったのだ。すべてを知る坂田はいない。もはや手がかりは消えた。前田五郎連続殺人の解明は不可能となった。

大黒は言葉を発せられなかった。そこへしゃがみ込んだ数之の馬鹿笑いの声が響いた。

「まったく、やられちまったぜ。なんのために懸命に事件を解決してきたんだよ。おまけに最後は青酸カリによる自殺か。これがミステリー小説で、俺たちが登場人物だとしろよ。ラストシーンにしては、あまりにちんけで本を叩き付けたくなるぜ」

厄介だ。大黒は溜息を吐いた。ＭＭＭは取り逃がした。前田五郎連続殺害の細部をしる坂田も自害した。主犯を取り逃がし、重要参考人を移送中に失ったのだ。上から大目玉を食らうだろう。降格も大いに考えられる。

だがと大黒は微笑んだ。物は取りようだ。ＭＭＭは海外へ向かい、計画はしばらく棚上げすると告げていた。それだけが俺にとっての救いだろう。これでしばらくは前田五郎の死亡に煩わされることはないのだ。

そのとき、先行車の機動捜査隊員が大河原の横にくると、なにかを耳打ちした。大河原はうなずくと大黒たちに向かって口を開いた。

「このまま現場に急行するぞ。東京で変死体だ」

「変死体？」

数之が繰り返した。

「まさか」

アメリがつぶやく。

「誰なんだ？」

大黒は思わず口走った。だが大河原はなにもいわずにじっと大黒に視線を据えた。そしてにやりと笑った。

大黒を始め、サーカスのメンバーが車に乗り込む。ばたん。どすん。ぶるぶる。車は新たな困った死体に向けて走り始めた。やれやれ。誰かが車の中で溜息とともにつぶやいた。確かに厄介だ。

解説

福井健太

個性派と呼ばれる作家は多いが、その呼称が濫用されているのも確かだろう。類型からの逸脱を恐れず、オリジナリティの強い世界を紡ぎ、唯一無二の魅力を放つ本物は滅多にいない。その筆頭の一人が浅暮三文である。

浅暮三文は一九五九年兵庫県生まれ。関西大学経済学部卒。大阪の広告会社に勤めた後、東京の広告代理店でコピーライターとして活躍し、第八回メフィスト賞受賞作『ダブ(エ)ストン街道』で九八年に小説家デビュー。二〇〇三年に『石の中の蜘蛛(くも)』で第五十六回日本推理作家協会賞に輝いた。こう書くと一般的に見えるが、その作品群はユニークなものだ。具体的に分類していこう。

迷子の恋人を探す学者が謎の土地を放浪し、奇妙な住人や文化に接する『ダブ(エ)ストン街道』でデビューした著者にとって、ナンセンスとファンタジーは作家性の根幹に違いない。意思を持つエルサレムの土が南へ向かう『似非(えせ)エルサレム記』、缶詰から現れた魔法使いが男を追う『悪夢はダブルでやってくる』、大学教授と助手が異人類を探す『異人類白書』、睡眠を管理できるキノコが経済を動かす『夜を買いましょう』などは独自色の濃い大人の寓話と言えるだろう。

代表作とされる〈五感〉シリーズは人間の感覚をモチーフにしている。『カニスの血を嗣ぐ』は超人的な嗅覚の持ち主が女を捜す話。『左眼を忘れた男』は男の左眼が街を彷徨い、そこに映る光景が真実を導くサスペンス。『石の中の蜘蛛』は鋭い聴覚を得た男が主人公のハードボイルド。『針』は皮膚感覚が亢進した男の遍歴。シリーズ特別篇『錆びたブルー』は第六感を持つ殺人犯の独白。『ポルトガルの四月』は臭い食べ物で記憶を取り戻す男のドラマ。消えた娼婦の謎を探る『五感集』では五感すべてが使われた。様々な感覚を言葉に移し、異世界を現出させる表現力がシリーズの見所だ。

とはいえ両者はバリエーションの一部に過ぎない。たとえば『夜聖の少年』は成人儀式を拒んだ少年が旅に出るSFだった。『ラストホープ』『再びラストホープ』は釣具店の男たちが大金争奪戦を演じるクライムコメディ。十センチだけ空を飛べる学生の成長譚『10センチの空』、四つのテディベアにまつわる連作集『クリスマスにさようなら』は叙情的な物語。『実験小説　ぬ』『ぽんこつ喜劇』はイラストやメタフィクションの技法を使い、奇想を形にしたユーモラスな実験小説集だ。フィクション以外の作例も挙げておくと、駈け出しコピーライターと六匹の猫の成長を辿る『嘘猫』、広告会社時代を背景にした『広告放浪記』は自伝的青春小説。『ペートリ・ハイル！　あるいは妻を騙して釣りに行く方法』は釣りエッセイ集。『おつまミステリー』は酒のつまみの蘊蓄(うんちく)が詰まったエッセイ集である。

　中年男たちが草野球に挑む『やや野球ども』の発表後、しばらく沈黙を続けていた著者は、一五年に四年ぶりの新作『百匹の踊る猫　刑事課・亜坂誠(あざかまこと)　事件ファイル001』でファンを驚かせた。若手刑事が少女誘拐事件を追う社会派警察小説という普通ぶりは、旧来の作風とは異質のものだった。この作品を皮切りに、著者は『セブン　秋葉原から消えた少女』『無敵犯　刑事課・亜坂誠　事件ファイル101』『セブン opus2　古い街の密(ひそ)かな死』『私立警官・音場良(おとばりよう)　ロック、そして銃弾』といった警察小説を書き下ろす。動物行動学者が探偵役の『誘拐犯はカラスが知っている　天才動物行動学者　白井旗男(しらいはたお)』も含めて、メジャー指向の作品を次々に手掛けたのだ。

　この経緯を見るぶんには、個性派がポピュラー路線にシフトしたようでもある。しかし著者はそんな従順な作家ではない。一八年刊の『困った死体』はそのことを体現していた。変死事件を専門とする警視庁捜査一課特別捜査班〝サーカス〟は、迷走しがちな若手刑事・大黒福助(だいこくふくすけ)、駄洒落(だじゃれ)と下ネタ好きの鑑識課員・数之十一(かずゆきといち)、女王様気質の美人監察医・栗栖(くりす)アメリの三人で構成されている。同書はそんなチームが変死体の謎に挑む四篇を収めた連作集である。

　第一話「痩せれば天国」では断食中に食中毒死した新興宗教教祖、第二話「ギター心中」では停電中に感電死したギタリスト、第三話「真夏の夜の冬」では熱帯夜に凍死した会社員、第四話「砂漠の釣り人」では砂漠で溺死した釣り人という具合に、そこでは死体そのものが謎として示される。リアルな推理を期待すると面食らうが、本作の肝はそこにはない。事件を目撃するのはいつも農家の老人・森田儀助、被害者の名前は毎回「前田五郎」であり、関係者たちはそれをお約束と捉えている。ナンセンスな設定、軽快な会話などを介して、ウィットに満ちた世界を描くことが狙いなのだ。

ここで想起される海外作品が一つある。フランスのユーモア作家・カミの『ルーフォック・オルメスの冒険』は、名探偵が奇想天外な事件を解決するコント集だ。自分の頭蓋骨を奪われた依頼人などの謎にとぼけた理屈を付ける構成は、あるいは本格ミステリの究極形と言えなくもない。そこまで極端ではないものの、ナンセンスを武器として大胆な謎を扱う手法は、著者も『殺しも鯖もMで始まる』『ポケットは犯罪のために　武蔵野クライムストーリー』で活用していた。正統派の警察小説で作風をセーブしていた著者が、溢れるセンスを抑えきれず、警察小説を持ち味で染める境地に突き抜けた――ありていに言えば『困った死体』はそんな一冊だった。文庫帯には「書き下ろし異色警察ミステリー」とあるが、殆どの読者は予想以上の異色ぶりに驚いたことだろう。

その続篇にあたる本書『困った死体は瞑らない』には、前作と同じく四篇が収録されている。第一話「豆腐の死角」は豆腐屋が撲殺されるエピソードだ。陥没した後頭部には豆腐が詰まっており、それで殴られたとしか思えない状態だった。サーカスの面々は議論を交わし、殺害方法と犯人の正体に辿り着く。アメリの台詞は倉知淳の短篇集『豆腐の角に頭ぶつけて死んでしまえ事件』を踏まえたものに違いない。

第二話「世界一重たい茹で卵」では、児童遊園地の屋外プールで丸焦げになった巨漢の死体が発見される。水中の焼死体に人体自然発火のイメージを重ね、オカルトを科学で解体する筋運びは、本格ミステリの原型と言えなくもない。「ＭＭＭ」と称する首謀者の存在を明かし、布石を打っているのも本篇のポイントだろう。

第三話「サンタクロースが墜ちた夜」は、ビルの屋上でオーナーの死体を調べるシーンから始まる。「頭蓋骨が割れて陥没してる」「上半身全体もひどい打撲で肋骨が折れてる」死体は、サンタクロースの衣装を身に纏っていた。現場には畳一枚ほどのサイズの鉄板があり、アメリは「この人がサンタだったら説明が付く」と墜落死の可能性を口にする。被害者が持っていた骨董品のような潜水服は、カミのユーモア小説『エッフェル塔の潜水夫』へのオマージュかもしれない。

第四話「電話で死す」は呪殺をテーマにした一篇。ラーメン屋で「あんたを呪っている」という電話を受けた前田五郎は、その直後に原因不明の苦痛を感じて死亡した。自称呪術師の犯行声明がマスコミに届き、テレビで検証番組が流れる中、森田が呪いに倒れてしまう。後半にはシュールな展開が待っているが、この奔放さとスピード感はまさに圧巻。複数の事件を結び付け、最後にすべてを回収する——と書くと王道めくが、慣れてきた読者もクライマックスには唖然とするはずだ。合理性や決着に拘ると確信犯的に調子を狂わされる。その闊達さこそが著者の強みにほかならない。

語弊を避けるべく断っておくが、本作はオフビートなユーモアを基調とするエンタテインメントだ。慣用句、古来の伝承、オカルトなどを思わせる派手な謎を解くプロットには、ミステリの型に忠実な解りやすさがある。著者はその明快さを確保したうえで、自前の演出や飾りを施している。テンプレートの安心感を求めるのは筋違いだが、波長の合う読者が稀有な愉しさを得られることは疑いない。固有のポジションを占める珍味として、気軽に試食するのもまた一興だろう。

最後に著作リストを載せておく。#は〈ラストホープ〉シリーズ、＊は〈刑事課・亜坂誠　事件ファイル〉シリーズ、†は〈セブン〉シリーズ、☆は〈困った死体〉シリーズである。浅暮作品が届くべき人々に読まれることを願ってやまない。

（ふくい・けんた　書評家）

『ダブ(エ)ストン街道』講談社（九八）→講談社文庫（〇三）
『カニスの血を嗣ぐ』講談社ノベルス（九九）
『夜聖の少年』徳間デュアル文庫（〇〇）

『左眼を忘れた男』講談社ノベルス（〇二）
『石の中の蜘蛛』集英社（〇二）→集英社文庫（〇五）
『殺しも鯖もMで始まる』講談社ノベルス（〇二）
『似非エルサレム記』集英社（〇三）
『10センチの空』徳間書店（〇三）→徳間文庫（一〇）
『針』早川書房（〇四）
#
『ラストホープ』創元推理文庫（〇四）
『嘘猫』光文社文庫（〇四）
『悪夢はダブルでやってくる』小学館（〇五）
『実験小説　ぬ』光文社文庫（〇五）
『錆びたブルー』角川春樹事務所（〇六）
『ペートリ・ハイル！　あるいは妻を騙して釣りに行く方法』牧野出版（〇六）
『ポケットは犯罪のために　武蔵野クライムストーリー』講談社ノベルス（〇六）
『異人類白書』ポプラ社（〇七）
『夜を買いましょう』集英社文庫（〇七）
『クリスマスにさようなら』徳間書店（〇七）→徳間文庫（一〇）
『広告放浪記』ポプラ社（〇八）

『ぽんこつ喜劇』光文社（〇八）
『ポルトガルの四月』早川書房（〇九）
＃『再びラストホープ　パリと悪党たち』創元推理文庫（一〇）
『五感集』講談社（一〇）
『やや野球ども』角川書店（一一）
＊『百匹の踊る猫　刑事課・亜坂誠 事件ファイル001』集英社文庫（一五）
†『セブン　秋葉原から消えた少女』光文社文庫（一六）
＊『無敵犯　刑事課・亜坂誠 事件ファイル101』集英社文庫（一六）
†『セブン opus2　古い街の密かな死』光文社文庫（一七）
『私立警官・音場良　ロック、そして銃弾』徳間文庫（一七）
『誘拐犯はカラスが知っている　天才動物行動学者 白井旗男』新潮文庫（一八）
☆『困った死体』集英社文庫（一八）
『おつまミステリー』柏書房（一九）
☆『困った死体は瞑らない』集英社文庫（二〇）　※本書

JASRAC 出 2000221-001

本書は「ｗｅｂ集英社文庫」で二〇一九年二月から九月まで連載された「豆腐の死角」「世界一重たい茹で卵」に、書き下ろしの「サンタクロースが墜ちた夜」「電話で死す」を加えたオリジナル文庫です。

集英社文庫

困(こま)った死体(したい)は瞑(ねむ)らない

2020年3月25日　第1刷　　定価はカバーに表示してあります。

著　者　浅暮三文(あさぐれみつふみ)
発行者　徳永　真
発行所　株式会社 集英社
東京都千代田区一ツ橋2-5-10　〒101-8050
電話　【編集部】03-3230-6095
【読者係】03-3230-6080
【販売部】03-3230-6393(書店専用)

印　刷　大日本印刷株式会社
製　本　ナショナル製本協同組合

フォーマットデザイン　アリヤマデザインストア　　マークデザイン　居山浩二

ISBN978-4-08-744093-5 C0193